叙舊

叙旧文丛

冰心书话

王炳根 著

海峡出版发行集团 | 福建教育出版社

图书在版编目（CIP）数据

冰心书话/王炳根著. －福州：福建教育出版社，2024.11.－（叙旧文丛）.－ISBN 978-7-5758-0137-9

Ⅰ.I206.7

中国国家版本馆 CIP 数据核字第 202408N1Z5 号

责任编辑：黄珊珊
美术编辑：季凯闻

叙旧文丛
Bingxin Shuhua

冰心书话

王炳根 著

出版发行	福建教育出版社
	（福州市梦山路 27 号 邮编：350025 网址：www.fep.com.cn）
	编辑部电话：0591-83779650
	发行部电话：0591-83721876 87115073 010-62024258）
出 版 人	江金辉
印 刷	福州万达印刷有限公司
	（福州市闽侯县荆溪镇徐家村 166-1 号厂房第三层 邮编：350101）
开 本	890 毫米×1240 毫米 1/32
印 张	7.5
字 数	149 千字
插 页	2
版 次	2024 年 11 月第 1 版 2024 年 11 月第 1 次印刷
书 号	ISBN 978-7-5758-0137-9
定 价	38.00 元

如发现本书印装质量问题，请向本社出版科（电话：0591-83726019）调换。

王炳根,江西进贤人,现居福州。毕业于南京大学中文系,国家一级作家,冰心研究会、冰心文学馆创始人,冰心研究会原会长、冰心文学馆原馆长,福建省作协顾问、中国博物馆学会文学委员会副主任。著有评论集《特性与魅力》《逃离惯性》,专著《侦探文学艺术寻访》《郭风评传》《少女万岁——诗人蔡其矫》《玫瑰的盛开与凋谢:冰心吴文藻合传》《林徽因》《林语堂》《郑振铎》等,散文、随笔集《慰冰湖情思》《雪里萧红》《入世才人粲若花》等三十余种,编著《冰心年谱长编》(上下卷),主编《冰心研究丛书》(十卷),《蔡其矫全集》(八卷),《郭风全集》(十二卷)。曾获福建优秀文艺作品奖、解放军文艺奖、全国第八届"五个一工程"奖,曾为茅盾文学奖评委(其中两届初评委,两届终评委),被日本创价大学授予荣誉博士。

"叙旧文丛"出版弁言

叙，讲述，盼侧耳倾听；旧，过去，期一日相逢；叙旧，网罗旧闻，纪言叙之，以温故，以溯往，以述怀，以知新。

搜寻、稽索、钩沉、抉隐，一句话，一件事，一本书，一个人，那满满的闪着光芒的过去，在琐细字间，鲜活，绽放。

走进旧时光，来一场返程之旅，为那心中永不褪色的旧日情怀。我们相信，叙旧的过程，是唤醒记忆，省思历史，亦是安顿今者，启示未来。

序

冰心著译版本的考订和研究

陈子善

距今 28 年前，即 1996 年 10 月，上海文艺出版社出版了周国伟先生编著、厚达 460 余页的《鲁迅著译版本研究编目》。此书是中国现代文学研究史上第一部较为完备的作家著译版本编目和考据书籍，编著时间长达十多年。当然，以鲁迅在中国现代文学史上的崇高地位，编著这样一本于鲁迅研究具有工具书性质的版本书目，完全必要。多年来，这部编目也确实一直是我撰写研究鲁迅文章时案头必备的参考书。

那么，接下来就产生了一个新的问题。除了鲁迅，现代文学史上还有其他不但创作数量可观，而且各具特色各有成就的作家，如周作人、郁达夫、沈从文、巴金、老舍等等，他们的著译编目，即把他们著译的每一种书，从书名、体裁、序跋、出版机构、出版年月、版次，乃至开本大小、精装平装、何人设计装帧、每一版版式有否变化、内容有否增删，以及相关出版掌故和社会影响等等，有没有与《鲁迅著译版本研究编目》

相同或类似的书籍问世？似乎没有，我至今没有见到。这实在是一件令人遗憾的事，也说明在当下的数字人文时代，中国现代文学文献学的基础工作仍然任重而道远。

对冰心老人的丰富著译，研究现状同样也是如此。冰心五四初期即崛起于中国新文坛，留美期间加入中国最大的新文学社团——文学研究会，会员号74，是继黄英（庐隐）、宋锡珠（丽卿）之后第三位加入文学研究会的女作家。她的文学创作和翻译横跨现当代，新诗集《繁星》《春水》、小说散文集《超人》和散文集《寄小读者》《关于女人》均一纸风行，一版再版，根据《中国现代文学总书目》（1993年12月福建教育出版社初版）可知，她是现代文学史上出版著译位列前茅的女作家，以及现代文学史上第一位也是唯一的一位出版"全集"的女作家，这都是十分了不起的。然而，冰心著译的版本是否已经一清二楚或者哪怕是大致清楚了呢？答案也是否定的。从这个意义讲，王炳根兄的新著《冰心书话》就可谓空谷足音，令人欣喜了。

炳根兄是冰心研究会的发起人，也曾长期负责福州冰心文学馆，同时也一直致力于冰心研究，尤其注重于实证研究，成果累累。他曾赠我所著《玫瑰的盛开与凋谢：冰心与吴文藻（1900—1999）》（2015年8月台北"独立作家"一版二刷），上下两册厚达1400余页。这部大书其实是冰心与吴文藻先生的合传，史料之丰赡翔实、评述之客观公正，不能不令人叹服。因此，以国内数一数二冰心研究家的身份，撰写冰心著译版本的书话，炳根兄自然是驾轻就熟，胜任愉快。更重要的是，他长期以来关注和重视冰心著译的各种版本,锐意穷搜,不断积累,从而为他的冰心著译版本考证提供了必要的条件和充分的准备,正如他自己在《冰心书话》的《后记》中所说的:

> 1992年冰心研究会成立以来,我就一直十分注意搜集冰心著作版本,自1923年的《春水》《繁星》《超人》,到以后陆续出版的《寄小读者》《往事》《冰心游记》《冬儿姑娘》《冰心全集》《冰心著作集》《关于女人》等,都曾有搜集,不仅是初版本,二版三版等版本,也都一一在我的搜集范围。这里多有故事,有的是成书、出版的故事,有的则是搜书、藏书的故事,写出来是蛮有意思的。

我想,这正是炳根兄撰写这部《冰心书话》的初衷。他越来越清楚地认识到,冰心著译版本问题如不提出和设法解决,会对冰心研究的推进有所制约,相反,则有可能促进冰心研究。于是,2022年4月,他在上海巴金故居主办的《点滴》总第82期发表了他的第一篇冰心版本书话《无尽的〈寄小读者〉》。以此为契机,炳根兄开启了他的冰心版本考证系列的写作,一发而不可收。我每次读到,都为之击节赞赏。受他的考证的启发,我也曾写了《〈寄小读者〉的初版本》一文为他助兴。两年之后,炳根兄对1949年以前出版的冰心各种著译版本的书话写作(包括在相当长的一段时间里未被发掘的冰心留美硕士论文《李易安词的翻译》附录的她英译的《漱玉词》的评介),终于大功告成，结集成书了。

当然，与上述《鲁迅著译版本研究编目》不同，炳根兄这部《冰心书话》是以"书话"的形式出之，这就更不受体例的限制，更可集中讨论，更挥洒自如，也就更具可读性。但对作者著译版本的细致考证、系统梳理，则是完全相同的。在我看来，他这部《冰心书话》至少具有如下四点值得我们注意：

一. 这部书话集其实是对炳根兄自己的《冰心年谱长编》（2019年10月上海交通大学出版社初版）的有力增补。如果《冰心年谱长编》将来修订时能补入这部分新内容，那就是现代作家年谱编撰上的一个突破。

二. 这部书话集为冰心研究的深入，在版本汇总辨析这个层面作出了新的努力，打下了一个较为坚实的基础。

三. 与此同时，这部书话集也为其他重要的现代作家著译版本的考订和研究提供了一个足资参考的借鉴。

四. 不妨再引用炳根兄自己的话："冰心每一本书从初版到二版、三版到最后的再版，连起来便是一本书的历史，在这个以版本为线索的链接中，显示出既是一本书的生命史，也是社会发展、时代变迁史。"对炳根兄的这个观点，我是完全赞同的。

目 录

序《冰心著译版本的考订和研究》…………陈子善

无尽的《寄小读者》……………………………001
《寄小读者》版本补遗……………………………017
《繁星》闪烁……………………………………028
《春水》版本的变化……………………………041
《超人》初版本及其他…………………………058
《往事》的几个重要版本………………………068
《去国》版本及"黄皮丛书"……………………080
一次旅行与一本书………………………………089
《冬儿姑娘》版本数种…………………………099
三十年代的《冰心全集》………………………107
四十年代的《冰心著作集》……………………120

三十年代的选本……………………………………………127

十版足韵话女人……………………………………………134

第一个译作《漱玉词》……………………………………162

《先知》的译本与插图……………………………………168

《印度童话集》:一年三个版本…………………………195

泰戈尔译本数种……………………………………………203

后记……………………………………………………………219

无尽的《寄小读者》

1992年5月，我在筹备成立冰心研究会的时候，便开始搜集冰心的著作版本，《寄小读者》最先进入收集视野。

《寄小读者》最初在北平《晨报》连载。冰心那时虽然仅是一名大学生，却是《晨报》副刊的"老作者"。自从五四运动将她"震上写作的道路"后，冰心的《两个家庭》《去国》《秋风秋雨愁煞人》等一系列"问题小说"，全在《晨报》副刊连载，"几乎每周都有新作发表"（冰心语）。由于与编辑熟悉了，鉴于中国缺少适合儿童阅读作品的现象，冰心曾多次提议"应该加添一个儿童的读物"，报馆说"记者是赞成的，但实行却是一件难事"。难在哪儿？没有作品可发！很快机会来了，这个机会就是记者得知冰心即将前往美国留学，并且答应了要将到西半球去的趣闻趣事写成通讯寄给她的弟弟们。于是，《晨报》迅速开出了《儿童世界》专栏，专门发表"儿童读物"。专栏开出的第三天，冰心的《寄儿童世界的小读者——通讯一》便登场了。

作者以"似曾相识的小朋友"开篇,开始了长达三年"寄小读者"的写作,将其从1923年到1926年留学美国威尔斯利女子大学的生活,写成"寄小读者"通讯,从《通讯一》至《通讯二十七》,全部发表在《晨报》上。在学成归国的途中,北新书局便将27篇通讯、10则山中杂记,结集成书出版。冰心在上海甫登陆,散发着墨香的新书便送到了手上,封面是丰子恺的设计,一个黑发清秀的小友席地而坐,专心致志地读着一本打开的书,封面是冰心手书"寄小读者"。

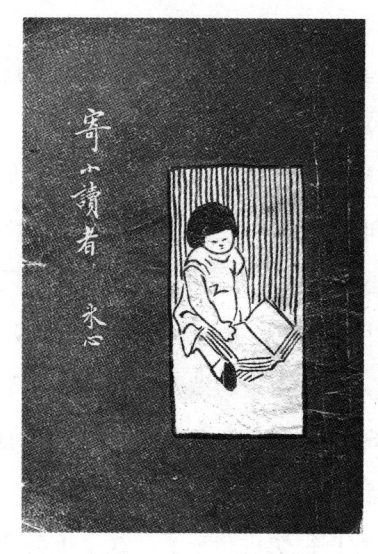

北新书局《寄小读者》初版(陈子善教授提供)

这就是《寄小读者》最初的版本,1926年5月至1927年3月,仅在十个月内,便印刷了三次,印数多少,不得而知,但到目前,我仍未见过这三次印刷的最初版本中的任何一个版本。

原因是冰心途经上海、回到北平的家，又写了两篇通讯，当北新书局要重印第四版时，冰心将回国后写作的两篇通讯，即《通讯二十八》与《通讯二十九》收入新版中，内文排版顺序，不是连接《通讯二十七》，而是排在《山中杂记》后。书前有一篇序言，即"《寄小读者》四版自序"，表露了她写作此书的心境："假如文学的创作，是由于不可遏抑的灵感，则我的作品之中，只有这一本是最自由，最不思索的了。"

从此，北新书局《寄小读者》便以这一个版本风行，我所得到的便是这一版本。这里还有一段趣事。那时福建省文联有一个很不错的资料室，可说是小型图书馆，将文联大楼一层的房间全占满。20世纪90年代初，随着经济大潮的涌起，资料室没有多少人问津，管理资料室也成了累赘。我那时在省文联理论研究室任职，似乎是个清闲的职位，于是，文联党组便将资料室交给我管理。我那时在筹备建立冰心研究会，开始搜集资料，这个决定对我而言，简直就是雪中送炭。我拿了一大串钥匙，一间一间、一排一排书架浏览过去，似乎掉入"文革"前以至民国时期出版物的海洋里，真是惊喜万分。这一大批书经过"文革"竟然幸存下来，我忽然间产生了这样一个感觉——这个资料室是不是为日后成立冰心研究会留下的？心里一下子有了底气。当然，我不能喜形于色，于是悄悄地叮嘱管理人员要倍加爱护，严格借书手续，并且强调"旧书暂不出借"。

1992年12月，冰心研究会在福州宣告成立，巴金出任会长，王蒙、张锲、张洁等为副会长，海内外知名人士叶飞、韩素音、海伦·斯诺、何少川等担任顾问,我作为秘书长、法人代表,主持研究会日常工作。研究会成立后,我一面四出搜集资料,包括冰心的著作版本、作品始发报刊、研究评论文章等;一面筹备建立冰心文学馆(当初叫冰心纪念馆,因开馆时冰心健在,遂改为文学馆)。民国及"文革"前的资料,文联资料室起了很大的作用。我让理论研究室懂行的王欣将有关现代文学的书籍与报刊全部找出来,包括《晨报》副刊复制件合订本、民国时期的《小说月报》等等都取出来,以供冰心文学馆收藏、陈列。《寄小读者》便在这一大批的现代文学资料之中,成为现在的镇馆之宝。

我所得到的第四版《寄小读者》,封面仍然是丰子恺的画、冰心的手书,钤有"福建文艺资料、福建省文联资料室"蓝色

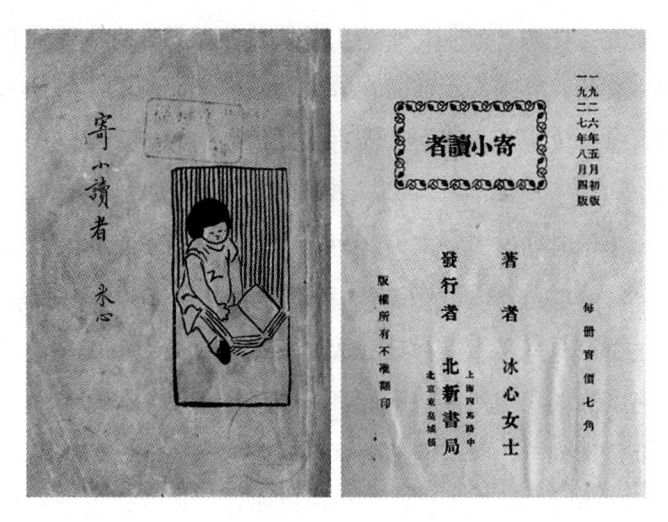

《寄小读者》初版四版

印章，"冰心研究会资料"印章盖在扉页，编号为001。封四的版权页上有："一九二六年五月初版　一九二七年八月四版"；"著者　冰心女士"；"发行者　北新书局"。用了两个地址：北京东皇城根、上海四马路中。定价"每册实价七角"。自然还有"版权所有不得翻印"。此后，北新书局便以这个版本，一次次地印行，总印数无以计算。

1937年上海沦陷后，上海北新书局歇业，"成都北新书局"在成都设立，地址为：成都祠堂街。我得到民国三十二年（1943年）四月蓉版《寄小读者》，每册定价国币三元八角，特别标注"不准翻印"。蓉版《寄小读者》完全沿用了第四版的编辑体例，封面亦同，只是纸质太差，用的是薄、脆、易碎的土纸，完全经不起翻阅。抗日战争时期，无论前方还是后方，纸张都很缺乏，印书只好因陋就简，使用一些当地土法制造的手工纸。蓉版的《寄小读者》，采用的便是毛竹制造的纸，因为工艺简陋，纸的质量就差，与20年代的同一本书，相去甚远。这种土纸书在一段时间形成了现代出版史上一种特殊现象，有着一定的价值，需要格外爱护。

开明书店在民国二十二年（1933年）五月取得《寄小读者》的版权，它的初版我未见到，得到的是民国三十七年（1948年）一月的版本。这个版本的封面画已非丰子恺所作，但也是版画：一个光头的小朋友端坐读书，书名与作者署名均为印刷体，标有"世界少年文学丛刊"。目录的排列有所变动，二十九篇通讯连排，将《山中杂记》置于之后，且不出二级目

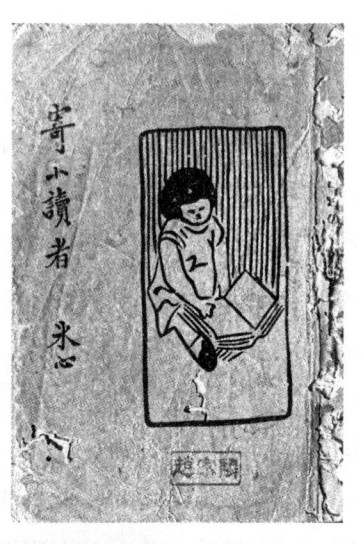

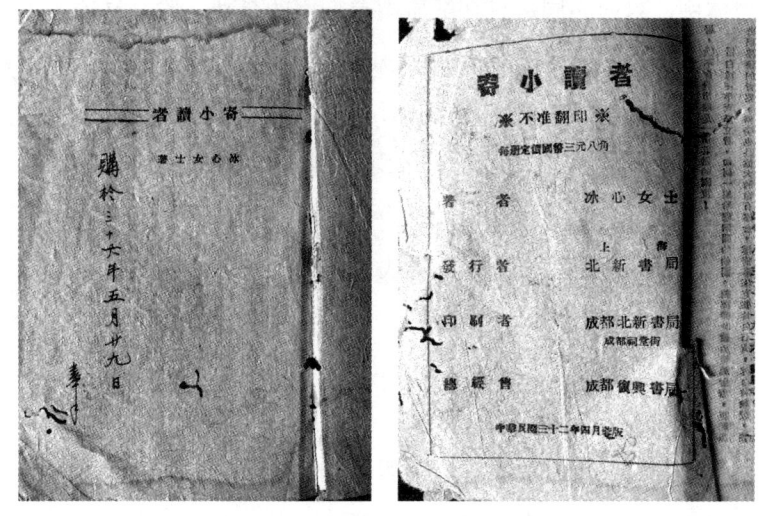

成都北新书局1943年4月蓉版

录，作为一篇文章。也就是说开明版的《寄小读者》在封面设计与内文排版上，都有了变化，以示与北新版的区别。

开明书店1948年1月版

《寄小读者》除了北新书局与开明书店持有版权外，一些没有版权的书局、书店，也在出版发行。这些版本大多应为翻版或盗版吧。尽管有些翻版或盗版本的印刷质量还不错，但都不敢出示版权，使用的版本，一般选择北新版。我手头有本"三无"（无版权页、无出版时间、无出版地点）的《寄小读者》，与北新版相同，从封面题签、设计到内文的编排，甚至连页码都一样。这本书只有一处有时间落款，就是读者的购书款"振乾购于沪，一九三九，九"，钤有购书者的印章。这一时期，冰心在云南呈贡，出书信息不易获得，估计她本人也未见过这个版本。就是这一年，即［伪满］康德六年（1939年）八月，

《寄小读者》单行本由（长春，时称新京）益智书店出版。内文的编排使用了开明版的方式，但是没有"自序"，从《通讯一》至《通讯二十九》，最后是《山中杂记》。这个版本的出版时间，与那个"三无"版本的时间基本相同，估计也未取得作者的授权。

益智书屋1939年版

《寄小读者》自出版以来，印刷的版次甚多，可说是频繁再版，正版、翻版与盗版同时满天飞。有一次在美国冰心的母校访问，有学者询问这本书的总印数，我真是回答不上。《寄小读者》在20世纪20、30、40年代，既是畅销书，也是常销书，在如此长的时间内保持"畅销"与"常销"的双重市场价值，这在现代文学中只有几位经典作家享有如此殊荣。《寄小读者》作为单篇或多篇进入各类文学选本就更多了。首先是作者自己的文集、选本、全集，作为代表性的作品，基本收入，像《冰心全集》（1933年）、《冰心著作集》（1940年）等全部收入，而像《冰心读本》《冰心杰作》之类的个人文集、选本，基本收入《寄小读者》中的通讯数篇。其次是各类文学选本，如《中国新文学大系》（1917—1927）由郁达夫选编的散文二集中，收入通讯7篇，胡云翼主编的《中国现代散文选》（中国文化服务社，民国二十五年），收入通讯两篇，其他现代文学的散文、儿童文学的综合选本中，也都收入《寄小读者》中的一篇或数篇通讯，甚至伪满时期的奉天东方书店，《冰心文选》《往事》等，也收入《寄小读者》数篇通讯。进入教科书的也不在少数，比如中华书局版《初中国文读本》（朱文叔选编，1934年），收入《通讯十八》；正中书局版《初级中学国文》（叶楚伧选编，1934年），收入《通讯十》；开明书店版《国文百八课》（叶圣陶、夏丏尊选编，1935年），收入《通讯七》；世界书局版《初中新国文》（朱剑芒选编，1937年），收入《通讯十》等。

  1949年以后的几年时间里，冰心的名字与《寄小读者》曾一度消失。此时冰心旅居日本，北新书局等出版机构也停止了业务。1951年底，冰心从日本归来，1953年10月在中国文学艺术工作者第二次代表大会上发言，算是公开亮相。1954年9月，国家官方出版机构人民文学出版社出版了《冰心小说散文选集》（后改为《冰心选集》，加收小诗《繁星》与《春水》），首次收入《寄小读者》通讯29篇与《山中杂记》，使用的是开明书店的体例，只是没有"四版自序"。从此，《寄小读者》开始进入新中国图书市场，但是，却没有任何一家出版社出版过单行本，只是在少量的选本中选编一两则，究其原因，可能是《寄小读者》中贯穿的"爱与同情"与主流意识形态的话语不甚兼容，冰心的代表作也由《小橘灯》替代。直到1981年7月，少年儿童出版社出版了《三寄小读者》，《寄小读者》才又完整地出现在读者的面前。1988年开明出版社承接开明书店的传统在北京成立，这家由民进中央主办的出版社于1996年8月出版了《寄小读者》的单行本，内文采用1933年的版本编排方式，只是封面有了变化。这是1949年之后第一个完整的《寄小读者》单行版本。

开明出版社1996年版

20世纪80年代是个出版大繁荣时代，冰心的译著集、文集、选集、全集等等也加入了出版界春天的大合唱，不用说，《寄小读者》出现在冰心的著作集中，同时在各类散文、儿童文学的选本、读本中也大量出现。而《寄小读者》单行本出版发行，则是在20世纪末与21世纪初，原因与教育改革、课外阅读有关，与文学的"百年百部名著"有关。1999年，人民文学出版社、北京图书大厦组织了34位学者，组成评选委员会，评选出"百年百种优秀中国文学图书"，《寄小读者》与《繁星》同时入选，成为广大读者提高文化素质，增加文学修养必读的经典作品。国家教育部分别于2001年和2003年颁布了作为基础教育课程改革核心内容的《全日制义务教育语文课程标准》和《普通高中语文课程标准》（简称"新课标"），《寄小读者》在"二十世纪中国散文精选"书系中，进入中学的"语文新课标必读丛书"。2005年底，"百年百部中国儿童文学经典书系"将《寄小读者》与叶圣陶的《稻草人》并列榜首。

在"新课标""百年百种""百年百部"的推动下，各家出版社争相印行出版单行本的《寄小读者》，人民文学出版社、作家出版社、中国青年出版社，以及各地的少儿、教育、文艺类的出版社自不必说，还有一些专业出版社不一定对口，也搭上这三趟车，或开出另外的渠道出版发行。我在孔夫子旧书网上，搜索《寄小读者》版本，大概有万余本之多，尽管这里有许多复本，但几十、上百家出版社的《寄小读者》不同版本还是有的。这是一个相当惊人的数字，而出版还会继续下去。

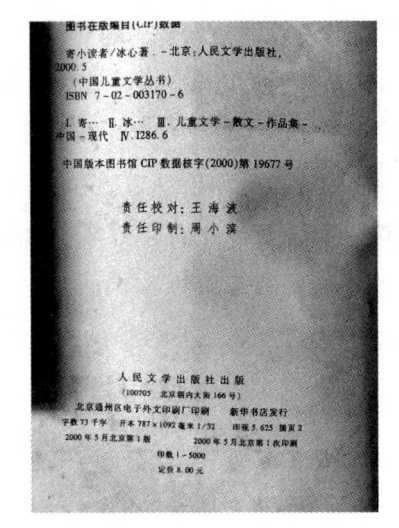

人民文学出版社 2000 年 5 月版

海豚出版社版

湖南文艺出版社版

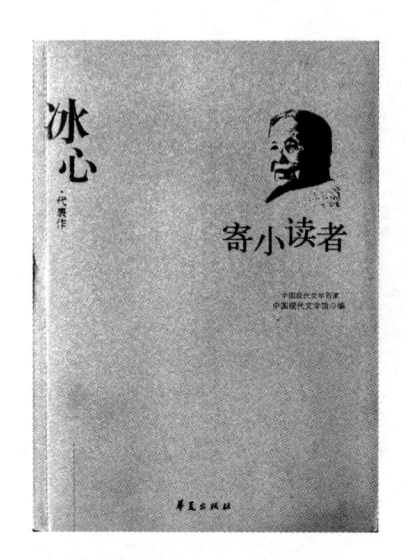

华夏出版社 2008 年 8 月版

中国青年出版社 2000 年 7 月版 　　中国青年出版社 2011 年 4 月版

冰心的作品在台湾，不论什么年代均未禁，但我看到台版的《寄小读者》不多。2012年10月，台湾学者秦贤次将他多年收藏的冰心版本赠送给冰心文学馆。我见到的有：新潮社新文山版的《寄小读者》，2010年9月《寄小读者》修订版。出版者为新潮社文化事业有限公司，收入《通讯一》至《通讯二十九》，无《山中杂记》。封面有如许的广告语："原本无心插柳的小品，对象是小读者，想不到发表之后，却影响到国内外，千千万万的……小读者与大读者……"新潮社另一个《寄小读者》版本，广告语则为："享誉卅年代的珍贵儿童文学作品！童心——可以超越任何时间与空间，而自由飞翔……"发行人是个人：林春美，地址为台北（文山区）万安街。"金安文库"的

台湾新文山、新潮社版

《寄小读者》，出版者为金安出版社，地点在台南市府支路7段，定价100台币，目录为《通讯一》至《通讯二十九》，《山中杂记》未收入。

香港版的"三联文库"《寄小读者》，由三联书店（香港）有限公司出版发行，1999年3月香港第1版第1次印刷。"三联文库"计60种，从《诗经选》到李白、杜甫，从《天方夜谭》到安徒生、格林，从《呐喊》到《苦雨》《再别康桥》等，冰心除《寄小读者》，尚有《繁星　春水》在列。文库的版式为便携开本，也可俗称"口袋书"。

我翻阅不同时期出版的《寄小读者》版本，追溯它不尽的出版旅程，大为感叹。由于历史原因，同时也因文学价值，这部作品成了艺术瑰宝，长久散发着艺术魅力。同时也因了"跨文体"的写作，既是儿童文学的奠基之作，又是现代美文的经典之作，受众面相当宽泛。如此具有强大艺术生命力的作品，必须扎根在广大的读者之中。

2022年9月14日星期三

《寄小读者》版本补遗

我在《点滴》杂志上发表的《无尽的〈寄小读者〉》，有一段文字写道："《寄小读者》最初的版本，1926年5月至1927年3月，仅在十个月内，便印刷了三次，印数多少，不得而知，但到目前，我仍未见过这三次印刷的初版本中任何一个版本。"陈子善教授从这段文字中，读到了我的"遗憾之情"，遂将其在年前网拍到的初版本信息公布如下：

我收藏的这本《寄小读者》初版本书品基本完好，只有书口中间部分略有瑕疵。毛边本。封面左侧署："寄小读者 冰心"，应是冰心本人笔迹，字体为白色；右侧印有丰子恺绘黑发小女孩席地而坐，专心读书图一帧，图中线条为墨色，而整个封面底色为蓝色。扉页署："寄小读者 冰心女士著"，字体为蓝色，正文字体为黑色。版权页上，书名"寄小读者"四字以长方形装饰链环绕，出版时间："一

九二六年四月付印　一九二六年五月初版";"著者　冰心女士";"发行者　北新书局"（未印地址）；定价"每册实价八角"（但"八"字已用一小方红印盖没，又在旁钤红色"七"字，即定价已改为七角）。最后，自然也印有"版权所有不准翻印"八个大字。（陈子善《〈寄小读者〉的初版本》）

陈子善教授这个描述非常具体，如见真本。同时，他还指出了初版本与四版本的不同主要有两个方面。"第一，当然是内容的变动。正如王炳根兄已指出的，四版本增补了《通讯二十八》和《通讯二十九》，以及相应的"四版自序"。第二，也是颇重要的，乃是装帧色彩的变动。初版本封面和书脊上的书名、作者名及出版社名均为蓝色，封面上的字为白色，图中线条则是墨色。而从第四版起，封面改为米色，封面上的字和图中线条及书脊上的字均改为深蓝色，视觉效果完全不一样了。"（陈子善《〈寄小读者〉的初版本》）只有手头上有这两个版本，才能做出如此细致的比较。

《寄小读者》的版权，最先拥有者自然是北新书局。我还曾一度认为，四版定型后，北新书局便以这个版本一版再版，"一路风行"。若从内容上说，也是没有错的，但封面设计、装饰等，还是有起落、变化。1931年5月十二版，内容与排列均不变，封面却是大变化。一个硕大的邮筒立于中央，头上扎着蝴蝶结的女孩盘坐邮筒之上，正在认真地读着一本书，"寄小读者"

北新书局1931年5月版

四字，在一方红底上以变形的黑白美术体呈现，周边是双线红框，邮筒旁有一只行走的黑蚂蚁。这个设计在《寄小读者》的版本中，是仅有的。到了1934年2月十九版、1934年9月二十版、1935年3月二十一版，则又回到了四版之初的模样，依然是丰子恺的图画。但是到了1936年3月，北新书局又来了一个"四版"，版权页是这样的："一九二六年五月初版　一九三六年三月四版　每册实价七角"，后又蓝色改正章改为"实价五角半"，"著者　冰心女士""发行者　北新书局　上海四马路中市"。这一切均无错，怎么会又冒出一个"四版"呢？

　　1941年6月三十六版，是我看到的版次最多的一个版本，这之后是否还有再版，就不清楚了。若从北新书局的历史看，这

北新书局 1936 年 3 月四版

个版本也有不白之处。我在《四十年代的〈冰心著作集〉》一文中，开头便说："上海北新书局的《冰心全集》，发行时间不长，前后五年，1937年抗战开始，北新书局业务停止，门市部房屋退租，所剩之书籍托由黎明书店代售，老板李小峰与太太蔡漱六去广州开办事处，编辑出版'抗战儿童文学丛书'。此时，完全顾不上支撑北新书局的老作者，《冰心全集》自然停止再版。"怎么到了1941年又冒出一个三十六版？并且发行者北新书局用的是"上海四马路中市"的地址，难道此时仍然在出书么？如果是蓉版或他版，则可以理解，上海北新书局歇业后，曾在成都设有"成都北新书局"，地址为成都祠堂街。我得到过民国三十二年（1943年）四月蓉版《寄小读者》。这里我仅是提出一些疑问，战时出版流动的情况，一时要理清楚恐怕也难。

北新书局1941年6月三十六版（版权页）

开明书店是1933年取得《寄小读者》版权的，曾经说到过1948年7月的版本，我现在又看到1947年1月三版的《寄小读者》，封面手书"寄小读者　冰心著"，套红印刷，右下角是一幅彩色版画，大海上一只飞翔的海鸥，沿用了冰心《往事》中"她是翩翩的乳燕，横海飘游，月明风紧，不敢停留，在她频频回顾的飞翔里，总带着乡愁！"的诗意。这个版本应该是开明书店的经典版，其封面直到1949年3月九版仍然在使用。但奇怪的是，这个九版，却还有另一个版本，封面的版画改变了色调，由蓝而黄，版权页上，版本时间、著作者、发行者、印刷者、定价的信息都一样，仅是登记者有异：一个是"内政部著作权注册执照警字第一一二一八号",一个是"一一二一号"。这两个九版从时间上说,可能是民国时期最后的版本吧。

开明书店 1947 年 1 月三版

开明的版本比较乱还表现在我最近看到的另一个版本上,其在版权页上标明"民国三十三年三月内一版　民国三十二年五月初版"。也就是1943年有个初版,次年则有"内一版",这个"内一版"也许可以说得通,但初版似乎就有些怪了,开明不是在1933年取得了版本,怎么10年之后又有了一个初版?所谓"内一版"指的是在"桂林环湖北路开明书店",发行者范洗人,总发行所注册地也是在此:桂林环湖北路十七号,电报挂号7054。分发行所有:昆明、重庆、成都、西安、贵阳、衡

开明书店1949年3月九版

开明书店1949年3月又九版

阳、赣县、江山等开明书店分店，这些在版权上都有明确标示，唯独"初版"二字不能解释。

《寄小读者》除了北新书局、开明书店持有版权外，一些没有版权的书局、书店，也在出版发行。我在《无尽的〈寄小读者〉》中曾写到过两个版本，一个是"三无"（无版权页、无出版时间、无出版地点）的《寄小读者》；一个是［伪满］康德六年（1939年）八月的《寄小读者》单行本，由长春益智书屋出版。今又得到一个补写本。所谓补写本，是因为这个版本脱漏甚多，读者只得找来正版补写贴页，而且是成页成页的脱漏。这个版本是1944年12月，上海大成书店刊行本。

上海大成书店的《寄小读者》，封面为黑色美术体"寄小读者"，横排从右至左赫然署于上方，下署宋体"冰心　作"，中间有方格，自右一格一字"冰心全集第四编"，下方"上海大成书局刊行"，版权页署封底，方框横格，自左而右："冰心寄小读者（全一册）；发行者：上海大成书店（上海白尔路泰和坊）；经销处：北方出版社　天津北马路一六五号；定价：中储券一百元　银联券十八元；中华民国三十三年十二月　初版发行"。1944年12月，冰心在重庆歌乐山，没有任何有关这本书的记载，可以推断为翻版本。而如此自报家门式的盗版，也确实够大胆的了。

上海大成版

　　大成书店的翻版完全不像样子，内容上增加了《通讯三十》和《评语冰心》，有的一段文字反复出现，更要紧的是脱漏太多，不光是字句的脱漏，而且成页成页的脱漏。《通讯三》中，从"自此以后"至"一站一站地近江南了"，一口气脱漏两个自然段近300字；《通讯四》一开头便整段丢失，计80余字；到了《通讯六》，自"小朋友"始，将整段计500余字全部丢失，不留一点痕迹。在《通讯十八》中，将这么重要的两段话全部删去：

　　　　还有是游就馆中的中日战胜纪念品和壁上的战争的图画，周视之下，我心中军人之血，如泉怒沸。小朋友，我是个弱者，从不会抑制我自己感情之波动。我是没有主义的人，更显然的不是国家主义者，我虽那时竟血沸头昏，不由自主的坐了下去。但在同伴纷纷叹恨之中，我仍没有说一句话。

　　我十分歉仄，因为我对你们述说这一件事。我心中虽丰富的带着军人之血，而我常是喜爱日本人，我从来不存着什么屈辱与仇视。只是为着"正义"，我对于以人类欺压人类的事，我似乎不能忍受！

上海大成版读者补页

　　还有接下来的，"我自然爱我的弟弟"，这一句也没有了，我甚至怀疑这个翻版本与侵华势力是有关系的。到了《通讯二十二》，将整个的"戚叩落亚"的英雄故事删去，计有千余字，那是《寄小读者》非常有分量的一段叙述，就这么轻而易举地消失了。好在《寄小读者》的北新版与开明版发行在世，读者找到了正版，一字一句地添了上去，总共添上去的不下五千字，这才是真正的爱读者，他们用自己的书写文字，保证冰心作品的完整与纯洁，这在我的读书生涯中也是少见的。

2023年7月9日星期日

《繁星》闪烁

现在读到冰心的诗集《繁星》,基本与她的另一部诗集《春水》合二为一,成为诗集《繁星 春水》。而在1949年前,这两个诗集的版本是分开的,《繁星》与《春水》由不同的书局出版,形成了各自风格的版本。

《繁星》的初版本,冰心有这样的一个"自序",追述了小诗产生的经过:

一九一九年的冬夜,和弟弟冰仲围炉读泰戈尔(R. Tagore)的《迷途之鸟》(*Stray Birds*),冰仲和我说:"你不是常说有时思想太零碎了,不容易写成篇段么?其实也可以这样的收集起来。"从那时起,我有时就记下在一个小本子里。

一九二〇年的夏日,二弟冰叔从书堆里,又翻出这小本子来。他重新看了,又写了"繁星"两个字,在第一页上。

一九二一年的秋日，小弟弟冰季说，"姊姊！你这些小故事，也可以印在纸上么？"我就写下末一段，将它发表了。

是两年前零碎的思想，经过三个小孩子的鉴定。《繁星》的序言，就是这个。

写这个序的时间是1921年9月1日，三个月后，即1922年1月1日至26日，《晨报副镌》连载小诗《繁星》。开初刊在新文艺栏目，因为在发表之前，编辑曾电话询问："你那《繁星》是什么？"冰心回答说："这是小杂感一类的东西……"连登5天，反响不凡，读者认定那是诗，小诗、新诗，到了1月6日，便将《繁星》刊登在诗栏里了，共164首，26日连载完毕。同时，自1月18日始，上海《时事新报·学灯》开始连载。

《繁星》在连载后的一年，即1923年1月，郑振铎出面联络，使之成为"文学研究会丛书"第一本诗集，由上海商务印书馆出版发行。初版《繁星》，收入《晨报副镌》连载发表的小诗一至一六四首，前有1921年9月1日写的"自序"。没有目录，"自序"之后便是一、二、三……排列下去。初版的《繁星》封面设计极为简洁，简洁到几乎无设计，这在民国版的图书中是少见的。淡蓝色的封面纸上，印刷体"繁星"竖排二字，右上"冰心女士著"，左下"文学研究会丛书"，字体均为印刷

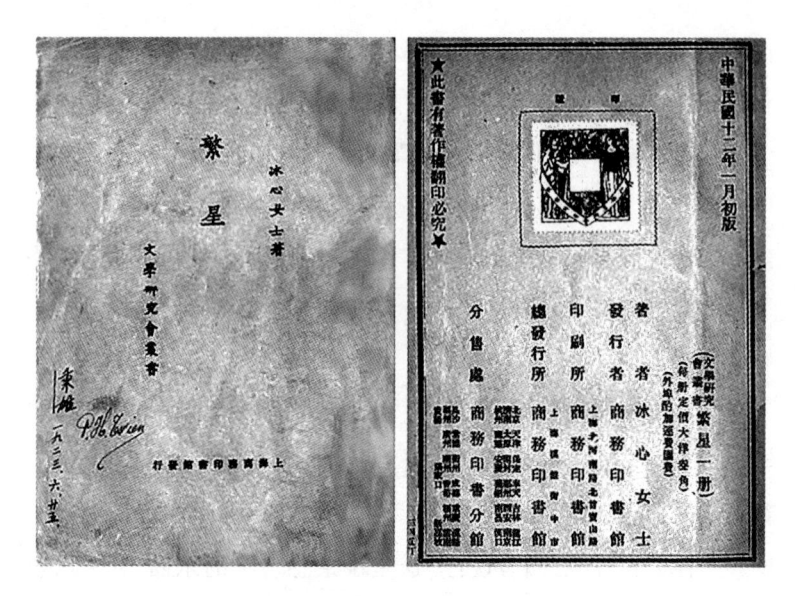

上海商务印书馆1923年1月初版

体。下有一行横书"上海商务印书馆发行"。初版本的版权页，却是完备而详细的，体现了20世纪二三十年代的版权特色。这个版权页署"中华民国十二年一月初版"，标有"文学研究会丛书繁星一册"，定价不是法币而是"大洋三角"，注明"外埠酌运费囤费"其他就是版权页必须标明的著者、发行者、印刷者等等。除此之外，这个版权页居中的虚线框内，贴有一枚精致的"印证"，就像今天的二维码，但图案设计很艺术：两位优雅的女士守护一方文白。这个印证，在冰心的书中不多见，北新书店不用印证，上海商务印书馆的版权页中时有出现。印证的作用有二：一是表示这本书是正版书，读者尽可放心购买；二是作者授权，并且明确本版的印数。前者防止他人盗版，后者防止书局隐瞒著者随意增加印数。《繁星》的印证自然属冰心，但她本人并不持有印证，而是由她的版权代理人、表兄刘放园掌控。刘放园曾为《晨报》编辑，也是冰心处女作《二十一日听审的感想》的责任编辑，甚至可以说是她的新文学启蒙者，冰心的一些事常由他代理。

初版的《繁星》在"自序"页的下方，钤有一枚"中国现代文学馆藏书"印，它使我想起这个初版本的由来。冰心研究会成立后一年（1993年），联合中国现代文学馆在福州举办过一次"冰心生平与创作展览"，现代文学馆带了不少的真品真迹展品。展览前后一周，直到撤展时还有很多人在看撤下的展板，可见反响热烈。带来的真品真迹自然要带回北京，但我通过有关人员打听到有些真品真迹有复本。于是，我请求舒乙馆长支持我们筹建冰心纪念馆（文学馆），将展品中有复本的真品真迹留下赠给冰心研究会。舒乙对冰心的事情，常常是有求必应，他想了想，问我，有哪些复本？这对没有做好功课的人来说，肯定回答不上来，而我是有备而求，初版的《繁星》便是其中之一。舒乙现场询问有关人员，得到的回答是"确实有复本"，于是现场便将那几个复本真品签字赠送，后来也就成了冰心文学馆的镇馆之宝。

顺便说点有关"印证"的事情。版权印证在中国出版史上，只有晚清与民国时期出现过，是保护著作版权的凭证，也成了一道有文化韵味的风景。这种保护著作版权的印证来自西方，最先使用的可能算是严复。1903年他与商务印书馆签订了《社会通诠》的翻译出版合约，这个合约规定："此书出版发售，每部收净利墨洋（即银元）五角。……此书另页须贴稿主印花。如无印花，察系印主私印者，罚洋两千五百元，此约作废，听凭稿主收回版权。……每批拟印若干须先通知稿主，以便备送印花。"可见使用印证具有严格的法律效力。当然，20世纪二三十年代出版的书，使用印证的还是少数，到后来也就消失了。

《繁星》1923年1月初版一出，市场反应好，商务印书馆即以初版本加印，当年便加印了6次。初版之后，便是再版，我所见到的有民国十五年（1926年）十月的五版，民国十七年（1928年）七月的六版。五版与六版的《繁星》，内容与排版均无变动，但六版的封面设计完全变样，变得优雅、贵气，"繁星"二字套红横排，

商务印书馆1926年10月五版（版权页）

"冰心女士著"与"文学研究会丛书"蓝字横排，尤其是中间加入"文学研究会"圆形版画图案，一位优雅的西式女士抚琴沉思。再版的《繁星》，均属上海商务印书馆，没有别的书局取得

032

过版权，也没有见到翻版的《繁星》单行本。直到1932年8月，《冰心全集》之二《冰心诗集》由北新书局出版，才收入《繁星》全部的164首小诗及"自序"。当然此后的《冰心著作集》(1943年)及诸如冰心"文集""文选""精选"之类的选本，收入《繁星》全本或节选等，则是常有的事情。

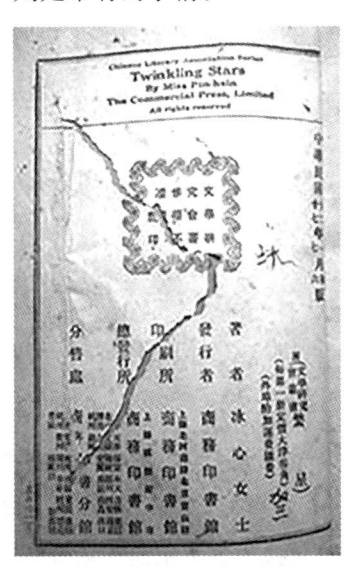

商务印书馆1928年7月六版

我在《超人》的书话中，曾说到一件不惑之事：商务印书馆1923年1月出版了《超人》的初版，"但到了1932年10月，商务印书馆推出了新版的《超人》，封面设计变样，标以'新中学文库'，以'民国二十一年十月初版'的形式发行，版权页上还留有'文学研究会丛书'，内文没有变化，计10篇，从《笑》到《往事》，以相同的顺序排列，只是内文的页码有小的变化。

我曾被这个'初版'弄糊涂了，内容未变，怎么有两个时间段的初版？后来想起1932年日军进攻上海时，商务印书馆五层大楼被炸，这个中国最大的印刷企业与东方图书馆毁于大火之中。我在寻找从清末开始出版的'说部丛书'时，全国各大图书馆没有一个完整的版本，遂想到了出版者商务印书馆，恰是这次大轰炸，将已经出版和正在出版的'说部丛书'毁于一旦。果然，《超人》也遭此厄运，我在看到'民国二十一年十月印行国难后第一版'时，才恍然大悟，新版的《超人》正是在日军大轰炸后的版本，因为原版被毁，重排重校，故出现了1932年的第一版。在'国难第一版'的版权页上，有半页的黑体字，上书：'民国二十一年一月二十九日，敝公司突遭国难，总务处、印刷所、编译所、书栈房均被炸毁，附设涵芬楼、东方图书馆、尚公小学亦遭殃及，尽付焚，三十五载之经营，隳于一旦迭蒙。各界慰问督望，速图恢复，词意恳挚，衔感何穷，敝馆虽处境艰，困不敢不勉为其难，因将需要较切各书，先行复印，其他各书亦将次第出版，惟是图版装制不能尽如原式，事势所限，想荷鉴原。谨布，下忱统祈　垂察　上海商务印书馆谨启'（标点为引者所加）。显然，《超人》属社会与学校'较切之书'，故尔有'新中学文库'之标，做了封面与版式的调整，先行复印。"这种情状也出现在《繁星》一书中，在1933年2月初版、1939年6月三版的版权页上，便赫然出现了"国难后"三个字，也就是说，《繁星》经历了《超人》相同的命运，但它依然闪烁在中华文化的大地上。

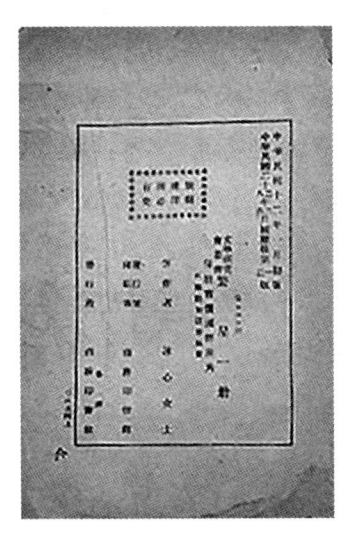

商务印书馆1939年6月三版

《繁星》的外文版，仅日本便有三个版本：1939年12月，日本株式会社开明堂印刷，伊藤书店发行，译者是饭塚朗；1951年日本河出书房刊行谢冰心自选集，内有仓石武四郎译的《繁星》；1954年大曾根纯又将《繁星》译成日文。1962年日本《中国现代文学选集》第19集"诗、民谣集"，收入饭塚朗译的《繁星》，也就是1939年的译本。当中国在进行轰轰烈烈的"文化大革命"的时候，海外却仍在翻译出版冰心的作品。1967年，《〈繁星〉与〈春水〉》由捷克的娅米拉·黑林高娃译成捷克文，后有译者的"跋"，由布拉格Mlada'战线出版。1977年，《繁星》由马来西亚黎煜才译成巫文，由马来西亚联营出版。报纸刊登的广告语是："本书于1977年根据1959年香港版翻译，译者巫译此书目的有二：一方面使中学生对短诗的内容与结构有所认识,另一方面又引导他们对新诗创作发生兴趣。"

1949年之前,《繁星》的单行本版权属于商务印书馆。冰心从日本归来之后的1954年9月,国家官方出版机构人民文学出版社出版了《冰心小说散文选集》,随即改为《冰心选集》,首次以78首节选的形式将《繁星》收入。也就在这时,出现了上海商务印书馆的《繁星》毁版事件。据1956年6月25日冰心致赵清阁的信言:"……谈到《繁星》毁版事,同意书并没有寄来,无以答复。横竖三月后不回信就算同意了,是不是?"为什么毁版,是不是真毁了?因为没有见到那个"同意书",现在竟是成了一个悬案。

《繁星》《春水》并列书名,成为一本书,是比较晚的事情。我所见到的是人民文学出版社1998年4月,首次以诗集《繁星 春水》并列书名,署名"冰心女士 著"。本书列入"新文学碑林"第一辑编目,这一辑计有10本,先后排列为:《尝试集》(胡适著)、《女神》(郭沫若著)、《沉沦》(郁达夫著)、《湖畔》(漠华 雪峰 修人 汪静之著)、《繁星 春水》(冰心女士著)、《红烛 死水》(闻一多著)、《自己的园地》(周作人著)、《缀网劳蛛》(落华生著)、《海滨故人》(庐隐女士著)、《少年漂泊者》(蒋光赤著)。《繁星 春水》以铜版纸插页的方式,影印了两本书的"原版封面",前有出版说明(1998年1月),全书的目录为:《繁星·自序》《春水·自序》《春水(一——一八二)》《迎神曲》《送神曲》《一朵白蔷薇》《冰神》《病的诗人(一)》《病的诗人(二)》《诗的女神》《病的诗人(三)》《谢

人民文学出版社 1998 年 4 月版

"思想"》《假如我是个作家》《"将来"的女神》《向往》《晚祷（一）》《晚祷（二）》《不忍》《哀词》《十年》《使命》《纪事》《歧路》《中秋前三日》《十一月十一夜》《安慰（一）》《安慰（二）》《解脱》《致词》《信誓》《纸船》《乡愁》《远道》《赴敌》。这个合二为一的版本，使用的是商务版的《繁星》，北新版的《春水》，但编辑时有所疏漏，《繁星》的二级目录未将《繁星（一——一六四）》标出。这大概是套用商务版所致，商务版不设目录，与人文版设目录而未出目录有所不同。但人文版的意义在于，首先将《繁星》《春水》合在一起，形成了后来流行的版本。版权页上标明"繁星　春水/冰心著"（与封面不一致），"1998 年 4 月北京第 1 版　1998 年 4 月北京第 1 次印刷"，"印数1—10000　定价7.5元"。那时冰心先生尚健在，版权应是经过她的同意。

人民文学出版社在取得《繁星》《春水》并列一书的版权后，又适逢"百年百种优秀中国文学图书"评选（1999年），《寄小读者》与《繁星》同时入选，成为广大读者提高文化素质，增加文学修养必读的经典作品。之后，《繁星》进入中学的"语文新课标必读丛书"。人民文学出版社当时正在发行的《繁星　春水》搭上了这两趟车，以"教育部《中学语文教学大纲》指定书目""中学生课外文学名著必读"大量印行，进入教育市场，我所得到的是"1998年4月第1版，2000年7月北京第3次印刷"，印数为"50001—80000"。第1版显然就是取得合二为一版权的版本，这里做了补缺，将《繁星（一——一六四）》列入了二级目录。以后，《繁星　春水》又以"语文新课标必读丛书""教育部《全日制义务教育语文课程标准》指定书目"进行重印，也是进入教育市场，责任编辑为同一人，只是名目略有变化。这次的版权页："1998年4月第1版，2003年5月第1次印刷"，印数惊人："1—100000"。

"百年百种优秀中国文学图书"评选（1999年），除《寄小读者》外，《繁星》也入选，但是没有《春水》，这让人民文学出版社有些犯难，他们已经将《繁星》《春水》合并了，如果用《繁星　春水》为书目，则不能标"百年百种优秀中国文学图书"，而标与不标，发行量会受到影响，要么就退回到《繁星》单行本时代，但出版社又不甘愿，于是出了一招，将《春水》

人民文学出版社1998年4月版，2000年7月第3次印刷

作为"附录"收入，也就是标有"百年百种优秀文学图书"（1900～1999）的《繁星》，包含了《春水》，目录的排列与1998年版相同，只不过《春水》诸篇目均以"附录"的形式出现，但这也造成了一种比较怪异的现象，总共165页的书，"附录"占据了110页，这似乎有些不合出版规范。

《寄小读者》搭上了"百年百种优秀文学图书""新课标"与"百年百部儿童文学经典"三趟车，《繁星 春水》则是搭上前两趟，发行量也是很大的，不仅是最先取得合二为一版权的人民文学出版社大获红利，其他各类出版社也分享了这两趟车带来的红利，所以，21世纪的《繁星　春水》的版本也是众多，这将在《春水》版本一文中描述。

2022年9月25日星期日

《春水》版本的变化

《繁星》在《晨报副镌》连载时,反响很大,不到一个月的时间连载完毕,读者还想看,作者也认为还有一些"零碎的思想"可写,于是自1922年3月5日,小诗《春水》开始连载,至6月30日结束,计182首,比《繁星》多了18首。

北京大学的"新潮社"在五四前后,是个活跃的文学社团,出版有《新潮》杂志,以在中国实行"文艺复兴"为宗旨,积极提倡"文学革命"与"伦理革命",传播和介绍西方哲学和社会政治学说。稍后组织出版了"新潮社文艺丛书",第一批出版"文艺丛书"9种,即:(1)《春水》(冰心女士作诗集)、(2)《桃色的云》(鲁迅译爱罗先珂童话剧)、(3)《呐喊》(鲁迅作短篇小说集)、(4)《纺轮故事》(GF译孟代童话集)、(5)《山野掇拾》(孙福熙作游记集)、(6)《陀螺》(周作人译小品集)、(7)《两条腿》(李小峰译)、(8)《微雨》(李金发作诗集)、(9)《雨天的书》(周作人作散文集)。

冰心并非新潮社成员，她在1921年加入了文学研究会，她的诗集《繁星》被"文学研究会丛书"列为第一本诗集是很正常的事情，但《春水》作为"新潮社文艺丛书"的第一本诗集，则就得有些原由了。个中原因就是周作人，他是冰心的任课老师，也是其毕业论文的指导老师。周作人被聘为"新潮社文艺丛书"主编，在编这套丛书时，首先想到了他的学生谢婉莹（冰心）连载时就引起很大反响的小诗《春水》，于是，由他出面，征得同意并请冰心抄写一遍，交他经手编辑刊行。

冰心遵先生之命，将发表在报纸的《春水》182首小诗，用小楷毛笔抄写在宣纸稿笺上。手抄稿计115页，竖行书写，大小尺寸为17.4厘米×13.0厘米，每页11行，字迹秀美娟丽、流畅雅致。完成时间为1922年11月21日，简装成册，面交周作人。手稿封面手迹"冰心女士著　春水　新潮社文艺丛书"。抄录的手稿本，与《晨报副镌》刊发时有别，首先在于每首小诗的排列，刊发时，每页每行开头部分取平，而抄录稿则参差，有意错位精心排列诗行，以求获得新鲜的视觉效果。其次是增录了《繁星》（一二〇）的小诗，作为"自序"。这样就形成了一本完整的手稿本，成为《春水》的手稿版本，也即第一个版本。以后的版本，内文诗行均以此版方式排列。周作人以此手稿本付梓，在封面上加盖一方"岂明经手"的印章。

1923年5月，新诗集《春水》作为"新潮社文艺丛书"第一本，由北新书局出版。郑振铎即在6月10日《小说月报》第十四卷第六号，《国内文坛消息》栏目中，报告："新诗集的出版消息，近来似乎极为消沉。所可报告的只有两个很好的消息：一是冰心女士的诗集《繁星》与《春水》都已出版；《繁星》是文学研究会丛书之一，商务印书馆出版，《春水》是新潮社丛书之一，北大出版部发行。"

遗憾的是，我未见到这个《春水》的初版本，与《寄小读者》一样，只见到三版的《春水》（1927年1月），而这个三版与初版是不一样的，它在182首小诗的基础上，增加了新诗29首，占总页码116页中的45页。

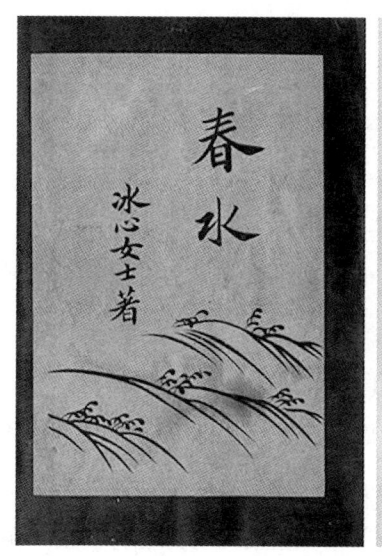

北新书局1923年5月初版1927年1月三版

三版的目录为：《春水（一——一八二）》《迎神曲》《送神曲》《一朵白蔷薇》《冰神》《病的诗人（一）》《病的诗人（二）》《诗的女神》《病的诗人（三）》《谢"思想"》《假如我

是个作家》《"将来"的女神》《向往》《晚祷（一）》《晚祷（二）》《不忍》《哀词》《十年》《纪事》《歧路》《中秋前三日》《十一月十一夜》《安慰（一）》《安慰（二）》《解脱》《致词》《信誓》《纸船》《乡愁》《远道》。目录之前有"自序"：

> 母亲呵！
> 这零碎的篇儿，
> 　你能看一看么？
> 这些字——
> 　在没有我以前，
> 　　已隐藏在你的心怀里。
> ——录繁星一二〇——
> 十一，二一，一九二二. 冰心.

三版之后，《春水》的版本定型。

那么，从初版到三版经历了怎样的一个情形呢？

《春水》初版为1923年5月，三个月后即8月3日，孙伏园致周作人函，信封背面有一句话："内失掉一句话：冰心女士《春水》再版时可否将《繁星》并入，望便时与她先行一说，免得将来信札来往多费时日。"此时冰心正在赴美留学的途中，周作人8月10日致信冰心，征求《繁星》并入《春水》的意见。冰心在船上拜读周师的信，8月20日从日本神户发信回复："在船上奉读手示是如何的喜悦。"信里讲述了自己出海后高兴的心情,然后谈了对于再版《春水》的想法:"《繁星》并入《春水》,我自己无问题,但不知文学研究会能否应许,但《晨报》上的杂诗(?)(——括号和问号均为信中原有)我想若和他们要,或能成功,总之我是无意见的。"冰心这段话有两层含意,《繁星》并入《春水》,她说自己没有问题,那是碍于老师的面子才这么说。文学研究会怎么会应许?《繁星》1923年1月初版,发行的势头正健,怎么可能会在几个月后放弃独家版权?周作人也自知《繁星》不可能并入《春水》,只是因为孙伏园有专门的交代,属受友之托之言吧。在明确"并入"不可为的情况下,则想出了《春水》扩容的另一法,即将发表在《晨报》上的其他诗歌收入。这个提议得到了冰心的响应。1924年2月23日,冰心在致周作人的信中说:"《春水》再版时,将杂诗加入一节,我自无异议,惜此间亦无全稿,如能由新潮社辑成寄下最妙……"当时冰心在青山沙穣疗养院休养,自然没有条件寻找"杂诗",希望新潮社能代为辑抄,没有想到,周师亲自替她录抄了。1924年9月9日,冰心收到周作人寄来的若干抄稿,十分感动。然而,对于如何收入"杂诗",则有自己的想法:"卷中的那些,若是经过先生的选择,我没有一点异议。若是有遗漏,我就愿添上我处所有、卷中所没有的。……《一朵白蔷薇》和《冰神》,是用散文的格式写的。这类的小文字还多,如《石像》《山中杂感》等等,都在《晨报》上登过,抄时太长,我想这类东西,附在《春水》后,未免喧宾夺主——《问答词》等都长得很——不如等以后有别的机会再说,先生以为如何?"信的最后,冰心对万里之外先生的辛苦付出表示了谢意,"一切费神十分感谢",对其家人表示了问候,"谨问师母及合第安吉　学生谢婉莹上　九、九、一九二四"。

冰心对《春水》再版的意见是很明确的了,但最后还是礼貌性地征询:"先生以为如何?"这回周作人先生还真是"不以为如何",依然将《一朵白蔷薇》《冰神》等收集在目。同时,增加了冰心赴美途中及留美期间写作的《纸船》《乡愁》《远道》三首。

《春水》从初版到三版,便是这样在周作人的操持下完成的。

此后再版的诗集《春水》,均以三版为据。我所见到的1929

北新书局1923年5月初版1929年2月五版

年 2 月五版，内容与篇目均与三版相同。1939 年奉天东方书店出版发行（[伪满] 康德六年一月十日印刷，二月五日发行）的冰心诗集《春水》，则有取舍，与三版比较，《春水》小诗由 182 首减少到 168 首，杂诗中删去《哀词》。这本书的定价用的是国币："定价国币五角"。

奉天东方书店 [伪满] 康德六年（1939 年）1 月版

冰心的手抄本交周作人，周作人付梓后有意识收回，存于家中。1939 年 10 月 5 日下午，周作人在书斋整理旧报，发现了《春水》原稿，重新装订成册后寄赠给曾来华求学的日本学者滨一卫。周作人在装订好的《春水》手稿上写了说明：

此冰心女士诗集春水原稿，今秋整理书斋于故纸堆中

觅得，转眼已十八年矣，特为装订寄赠

　　滨一卫君　知堂（印章）

中华民国廿八年十月七日在北平

新潮文艺社丛书《春水》手稿本（现存日本九州大学）

新潮文艺社丛书《春水》手稿本中周作人题签手迹

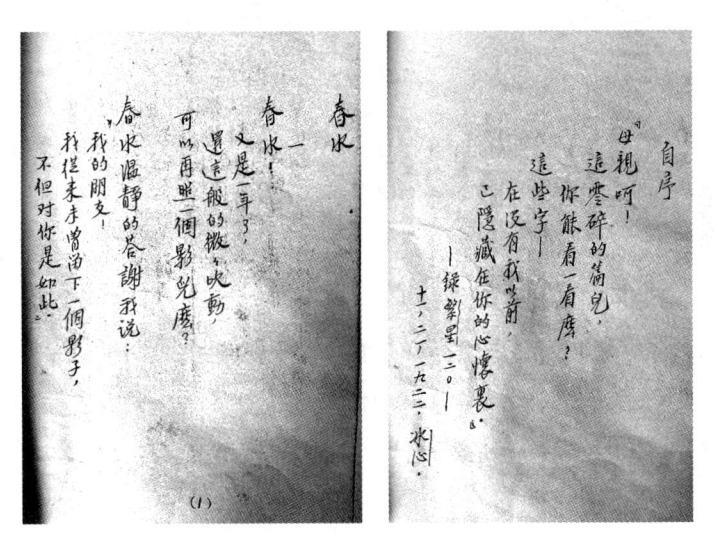

新潮文艺社丛书《春水》手迹

这个手稿本现藏日本九州大学，冰心文学馆存有扫描复制本，在国内算是留下了《春水》的手稿版本。

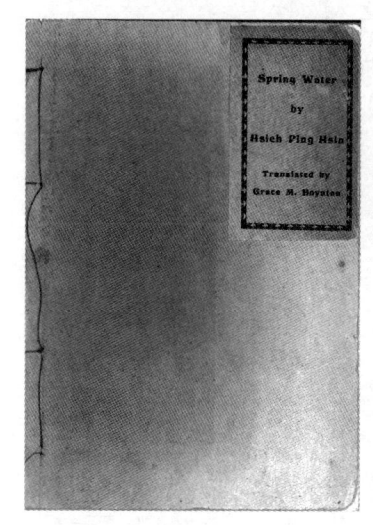

《春水》1929年英译包贵思签字版

与这个手稿本相似的还有一个英文版本《春水》。译者是冰心的英语老师格雷斯·包贵思，译本系1929年9月，委托印刷所印制的私家版译书，规格与九州大学收藏的《春水》手稿相同，现藏美国威尔斯利女子学院图书馆。我未见过这个译本，据日本学者牧野格子《冰心〈春水〉手稿与包贵思译〈春水〉》一文所示："使用薄纸，采用传统的线装形式，充满着中国趣味。"译书的第一页是献词：

To

Mary Wilcox Boynton

This little translation is given by her two daughters. The child of the West she sent into a far country; the child of the East she received into her own heart and home; and to both, she stands witness to the Love that shall unite all nations.

献给 Mary Wilcox Boynton

译文：这本小小的译书是她的两个女儿献给她的。这两个女儿，一个是被她送到遥远异国的西洋女儿，另一个则是被她收纳于心中和自己的家庭里的中国孩子。对两个女儿而言，她是一个超越国家的爱的目击者。

Mary Wilcox Boynton 当然是格雷斯·包贵思的母亲。这里所说的第一个西洋孩子就是格雷斯，中国孩子则是冰心。冰心在美国留学期间，包贵思一家接纳冰心，很好地招待她，带她去各处的名胜。对两个孩子来说，包贵思的母亲就是基督教式博爱的目击者和实践者。接着，在前言部分，包贵思从西方女性学者的视角，对《春水》进行介绍和评论。（以上献词的文字，引自牧野格子的文章）

以上是1949年前《春水》的单行版本情况，同时，《春水》收入各种选本还很多，除《冰心全集》《冰心著作集》外，基本都是节选，这与《繁星》的情况相似。1949年之后，《春水》未有过单行本，先是以75首节选入《冰心选集》（1954年9

月），再是与《繁星》一样，在1998年4月由人民文学出版社首次以诗集《繁星　春水》并列书名，署名"冰心女士"。《繁星　春水》以铜版纸插页的方式，影印了两本书的"原版封面"，前有出版说明（1998年1月），全书的目录使用的是商务版的《繁星》，北新版的《春水》，具体情况我在《〈繁星〉闪烁》一文中有过描述。这个版本的意义在于，将《繁星》《春水》两个版本合二为一，形成了1949年后中国大陆流行的版本，也算是实现了北新书局最先将《繁星》"并入"《春水》的愿望。

人民文学出版社2003年9月版

　　人民文学出版社在取得《繁星　春水》合二为一的版权后，《繁星》《春水》进入中学的"语文新课标必读丛书"。人民文学出版社正在发行的《繁星　春水》搭上了这趟车，我在《〈繁星〉闪烁》一文中也有描述。人民文学出版社与其他各类出版社都享受了这一拨红利，所以，出现了21世纪《繁星　春水》版本众多的现象。

人民教育出版社、当代世界出版社版

人民教育出版社、当代世界出版社联合出版《繁星　春水》（2003年9月版），编辑时越过了"新课标"的范围，编入《往事（一）》《分》《小橘灯》等小说散文篇目，成为"选本"。浙江文艺出版社的《繁星·春水》（2010年12月版）则标以"青少年文库"，这个文库包括《培根随笔》《热爱生命》《呐喊》《呼兰河传》等25种。浙版的《繁星·春水》增加了一个副题——冰心诗选，所以便将冰心"早期诗抄"基本收入。四川少年儿童出版社的《繁星·春水》（2005年1月）使用的是人文社版本，但是增加了"专家导读""阅读理解"与"参考答案"等。北京燕山出版社的《繁星·春水》（2011年2月），是作为"世界文学文库"之一种列入。这个文库主要是外国文学名著，中国文学名著仅18种。有意思的是，这个版本的《繁星·春水》，将《寄小读者》作为附录收入。我这里仅是举了几个"搭车"的例子，实际上何止这几家，以"百年百种文学名著"与"新课标"搭便车的现象大为普遍，以至于生出了众多的《繁星春水》版本，这里无法一一描述。

浙江文艺出版社版

四川少年儿童出版社版

北京燕山出版社版

商务印书馆2012年版　　　漓江出版社版

繁星春水

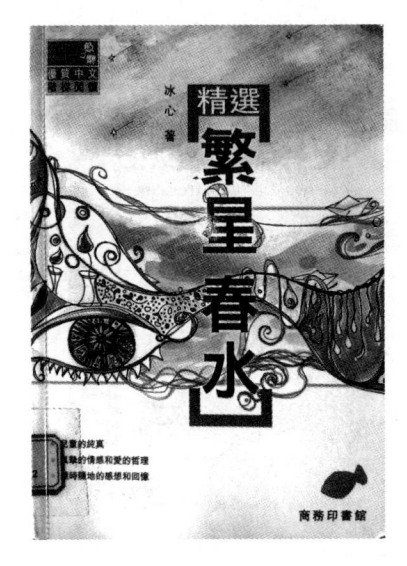

冰心 著

香港三联 2001 年 7 月版

香港商务印书馆 2012 年版

我所见到香港两个版本的《繁星春水》，一个是三联文库版（2001年）。其版式为便携开本，也可称为"口袋书"。从目录页看，使用的是人民文学出版社1998年版本（1949年后，香港的《繁星》《春水》单行本应未中断过。合二为一的版本则是自人文版之后才出现的）。《繁星》只有"自序"而未出"繁星1—164"的二级目录。另一个是商务印书馆版，标明"精选"，广告语有"儿童的纯真，真挚的情感和爱的哲理，随时随地的感想和回忆"。这个版本对全书进行了编辑，增加了几个小专题："冰心的《繁星》""冰心的创作"与"延伸思考"。台湾商务印书馆的《繁星　春水》，也标以"精选"，封面的广告语与香港商务版一样，可见为同一版本在不同地区发行。

2022年10月3日星期一

《超人》初版本及其他

冰心的短篇小说《超人》，最先发表在沈雁冰（茅盾）主编革新后的《小说月报》第四期（1921年1月第12卷第4号）。稿子是郑振铎从北平寄到上海的，革新后的《小说月报》几乎成了文学研究会的会刊，第一期的"创作"栏基本都是文学研究会成员的作品，"头条"是冰心的《笑》，其他作者依次为叶绍钧、许地山、慕之、潘垂统、瞿世英、王统照等。茅盾在收到《超人》后即读，异常兴奋，这个小说真切地体现了他改革《小说月报》的设想，即"为人生的艺术"而非"消遣的艺术"，不仅安排在第4号"创作"栏首篇的位置，还以"冬芬"的笔名特别加了一个附注，以引起读者的注意："雁冰把这篇小说给我看过，我不禁哭起来了！谁能看了何彬的信不哭？如果有不哭的啊，他不是'超人'，他是不懂得吧！"

《超人》一出，反响强烈。有人认为"这篇东西，最能救近来一般青年的堕落"（潘垂统），"赚了不少的眼泪了"（佩蘅）。

《小说月报》即以《超人》等小说展开了讨论。《时事新报·学灯》刊文批评自然主义而欣幸象征主义的发生,将《超人》《月光》等列入象征主义文学,说作品表现了"爱的理想""是超于'知''意'的东西,还可以制服一些消极的情感——愤怒、烦闷、忧伤、厌恶……"(洪瑞钊《中国新兴的象征主义文学》)。

《笑》与《超人》之后,冰心连续在《小说月报》上发表小说,到了1923年初,文学研究会决定出版创作丛书,冰心的《繁星》便是这套丛书中第一本诗集,之后便是《超人》,也是"文学研究会丛书"之一,由上海商务印书馆推出,初版为1923年5月,与《繁星》仅隔4个月。

小说集《超人》收入《笑》《超人》《爱底实现》《最后底使者》《离家的一年》《烦闷》《疯人笔记》《遗书》《寂寞》《往事》,计10篇,这是冰心的第一个小说集。冰心自1919年9月18日开始在《晨报》上连载小说《两个家庭》之后,连续发表了《斯人独憔悴》《秋风秋雨愁煞人》《去国》等十余篇以表现"问题"为主的小说,社会反响很大,但小说集《超人》却一篇也没有收入,这里可能有版权的问题,更多的可能是体现了编者的意图。《超人》中所选的小说,观念与手法都有新的表现,有的可说是探索性、实验性的,比如《超人》《疯人笔记》《遗书》等。冰心的第一个小说集便以五四新文学(包括她自己)"别样叙述"的形象出现,体现了编者的眼光与立意。选编者未置姓名,但我推断应该就是沈雁冰(茅盾)先生。十年之后(1933年9月),发表在《超人》之前的"问题小说",才由北新书局结集出版，书名为《去国》。所以，1923年冰心从上海出发到美国留学，《申报》在报道冰心等人的情况时说："燕京大学学生，于今日赴美者，亦有四人，内有谢冰心女士，其著作曾散见于各报，并曾出版《超人》与《繁星》等诗集。"

《超人》作为单篇，由沈星一选编，收入中华书局出版的《初中国语读本》（1923年），同时也被较多的选本和文集收入。1935年《超人》等小说入选《中国新文学大系·小说一集》（1917—1927），上海良友图书印刷公司出版，同时，冰心作为小说一集的第一位入选者，入选编目计有5篇之多：《斯人独憔悴》《超人》《寂寞》《悟》《别后》。茅盾撰写的导言说："《超人》发表于1921年，立刻引起了热烈的注意，而且引起了模仿（刘纲《冷冰冰的心》，见《小说月报》第13卷第3号），并不是偶然的事。因为'人生究竟是什么'？支配人生的是'爱'呢？还是'憎'？在当时一般青年的心里，正是一个极大的问题……"谭正璧的《中国文学史大纲》（泰东图书局出版，1925年9月）说《超人》是"新诗之厄运与小说戏剧之进步"，将其与《繁星》《春水》并列，这可能是冰心第一次被写进文学史。《超人》的影响，不仅体现在文坛，更体现在读者中。据地质学家侯仁之回忆，"冰心的《超人》这本书，其中'离家的一年'这一篇深深触动了我，从此引发了我对文学的爱好。"（《侯仁之自叙》）

《超人》自1923年5月初版，到1928年7月，已印七版，内容、封面设计与版式，没有变化。初版本没有贴印票（证），但在当年 10 月再版与 1924 年 2 月三版时，则贴上了"文学研究会版权所有"的印票，而 1924 年 7 月四版、1926 年 12 月六版、1929 年 11 月八版、1930 年 12 月九版均未贴印票，可见印票的使用并未形成制度。

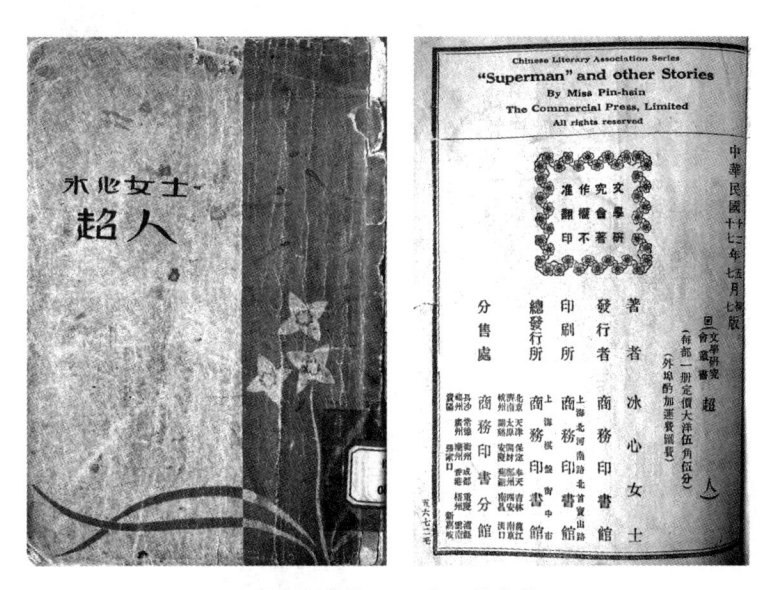

商务印书馆 1928 年 7 月七版

但到了 1932 年 10 月，商务印书馆推出了新版的《超人》，封面设计变样，标以"新中学文库"，以"民国二十一年十月初版"的形式发行，版权页上还留有"文学研究会丛书"，内文没有变化，计 10 篇，从《笑》到《往事》，以相同的顺序排列，只是内文的页码有小的变化。我曾被这个"初版"弄糊涂了，内容未变，怎么有两个时间段的初版？后来想起 1932 年日军进

商务印书馆1924年2月三版

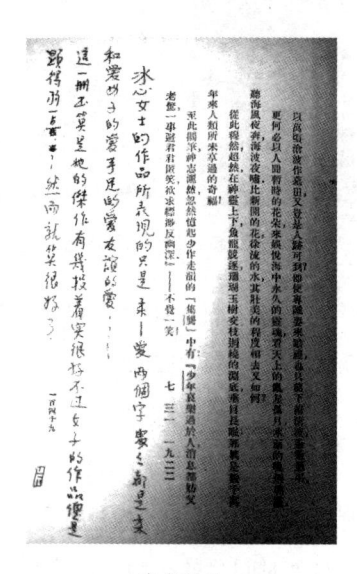

读者批注

攻上海时，商务印书馆五层大楼被炸，这个中国最大的印刷企业与东方图书馆毁于大火之中。《超人》是否也遭此厄运？我在看到"民国二十一年十月印行国难后第一版"时，才恍然大悟，新版的《超人》正是在日军大轰炸后的版本，因为原版被毁，重排重校，故出现了1932年的第一版。在"国难第一版"的版权页上，有半页的黑体字，上书"民国二十一年一月二十九日，敝公司突遭国难，总务处、印刷所、编译所、书栈房均被炸毁，附设涵芬楼、东方图书馆、尚公小学亦遭殃及，尽付焚，三十五载之经营，隳于一旦迭蒙。各界慰问督望，速图恢复，词意恳挚，衔感何穷，敝馆虽处境艰，困不敢不勉为其难，因将需要较切各书，先行复印，其他各书亦将次第出版，惟是图版装制不能尽如原式，事势所限，想荷鉴原。谨布，下忱统祈　垂察　上海商务印书馆谨启"（标点为引者所加）。显然，《超人》属社会与学校"较切之书"，故尔有"新中学文库"之标，做了封面与版式的调整，先行复印。这个版本一直延用，我所见过的有1947年3月六版。

伪满时期，出版过不少的冰心作品，小说集《超人》也在其中，由益智书店印行（[伪满]康德六年十二月三十日初版即1939年12月30日）。这个小说集《超人》，不仅封面重新设计，内文也重新编排，增加了《我们太太的客厅》《相片》《别后》《剧后》《姑姑》《第一次宴会》《三年》等七篇，而《笑》《疯人日记》《最后的使者》与《往事》删去了，也没有收入《去国》等"问题小说"，从发表的时间看，增加的均为《超人》

发表至留美归国后的作品。删去的是实验性与散文形式作品。这就与"文学研究会丛书"《超人》选编的主旨相离了，但也体现了该版《超人》的选编观念，那就是标在目录前的六个字"冰心创作精华"。

益智书店［伪满］康德六年十二月（1939年）初版

小说集《超人》的版本，与新诗集《繁星》《春水》一样，版权属于一家所有（伪满除外），我未见到后两种诗集的另版，却是见到了两种《超人》的另版。一种是三通书局版，版权页上标有"中华民国二十八年五月初版，中华民国二十九年六月十版"。仅仅一年的时间，便印行到十版。这个时期上海沦陷，商务印书馆业务受损，机构南迁。同时，日伪时期的三通书局控制了教材的发行权，之前的商务版"新中学文库"的《超人》

三通书局1940年6月十版

又为其将书发行到学校铺平了道路，三通版的势头如此猛捷，可能与这些有关。上海三通书局的代表人为中村正明，地址在上海北四川路839号。这个版本的设计完全另起炉灶，四周是龙图腾版画，有"三通小丛书"之标。另一个是西安群众书社发行的版本，标明"中华民国三十年十二月初版"，选编者为韩丁惑。这两个版本的内容与商务版均有所不同，是用了《超人》之书名，编选冰心之作品，伪满版也属这种情况。这也就是《超人》会有不同版本的原因。《超人》之所以有号召力，正是因为触及了青年人的内心矛盾，容易引起年轻读者的情感共鸣。

西安群众书社1941年12月初版

　　作为小说集的《超人》，没有完整的译本，但作为单篇小说却有好几个日译本。1939年10月日本的中国文学研究会编的中国现代文艺丛刊第一辑《春桃》，伊藤书店出版，收入猪俣庄八译成日文的《超人》；1946年12月仓石武四郎翻译的《超人》等，收入日语版《中国新文学大系》（小说一集），由大日本雄辩会讲谈社出版。1951年日本河出书房刊行《谢冰心自选集》，收入《斯人独憔悴》《超人》与《寄小读者》《再寄小读者》等日译小说与散文。

　　1949年后，作为小说集《超人》的版本不多。我所见到的是1998年中国文联出版公司出版的"中国现代小说名家名作原版库"，冰心的《超人》在列，这是个"据商务印书馆一九二三年初版排印"的版本,封面套印了商务初版的原封面。另一个版本是长江文艺出版社2018年5月出版的《超人 去国》,属于"冰心精选本",从《斯人独憔悴》到《空巢》都在内,也可以说不完全属小说集《超人》的版本。1949年后,小说集《超人》出版较少,但作为单篇的小说,却是出现在众多的选本、选集、文集与全集之中。

中国文联出版公司1998年版

2022年10月18日星期二

《往事》的几个重要版本

《往事》是冰心出版的第五个作品集,《超人》之后的第二个小说散文集。《往事》由上海开明书店取得版权,该书店也是

开明书店 1930 年 8 月三版

获得冰心著作版权的第三家书局。《往事》于民国十九年（1930年）一月初版，收入的篇目计有《悟》《六一姊》《别后》《往事》《剧后》《梦》《到青龙桥去》等小说、散文7篇，前有"以诗代序"。这个集子收集的是1923年之后的作品，与《超人》集交叉的有作为书名的《往事》。冰心的《往事》有（其一）（其二）之分，这里收集的是《往事》（其二），故事是发生在留学前夜的北平与在美留学期间青山沙穰疗养院，其他各篇也是在留美期间创作的，只有后两篇《梦》与《到青龙桥去》分别作于1921年与1922年。但依然没有收录五四时期以《两个家庭》与《去国》等为代表的"问题小说"。

《往事》的目录前有序，是一首诗歌形式的序，所以作者用了"以诗代序"的提法，但这个序似乎与书的内容没有多少关联。诗中描写了一个由小孩子牵引着的盲人歌者，一路弹着琴弦唱着歌儿，歌的内容，第一部是神仙的故事，第二部是人间的欢娱，第一部有人赞美，第二部却引来取笑，第三部还未开始，听众都已走远，"我已是独坐在中衢"，牵引盲者的小孩子也走了，但是我仍高唱，"要歌音填满了人生的虚无"。看似无关联的序，实际上反映出冰心创作的矛盾心态，那时对冰心作品的批评不少，但她还是坚定了自己的行走方式与神态。由此看来，这个代序也就不是无关联的了，而是对她自己创作的回顾与思考。

我所得到的是《往事》第二十版，即民国三十八年（1949年）三月的版本。从民国十九年（1930年）一月初版，20年间，

开明书店 1949 年 3 月二十版

印刷了二十版，也就是每年一版，真可谓"长销书"也。从初版到二十版，内容没有任何变动，只是封面有变。初版《往事》的封面，淡黄铜版纸上竖排一行字，楷书"往事"二字下，落款"冰心著"三字，字体皆为红色，干干净净，没有别的文字与图案，连出版发行的"开明书店"也未出现在封面上。以后的十几个版的封面，基本取这一风格，仅是"往事"二字的字体与排列方式出现变化。民国二十四年（1935 年）十月九版，采用了竖排方式，署名"冰心女士著"，书名到署名是从右至左。1943 年 3 月 3 日，江泽民在南京中央大学图书馆的借书证上，便是记录借阅了这一版的《往事》。只有民国二十年（1931年）一月四版的封面有专门的设计：一色套红图案与字体，"往

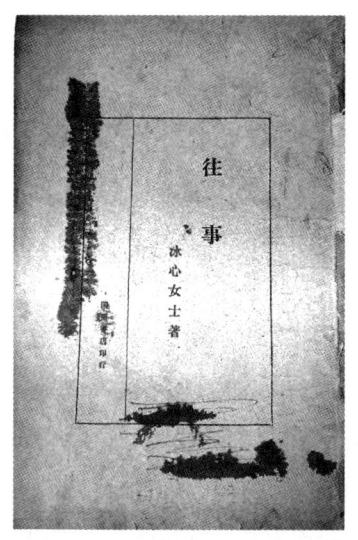

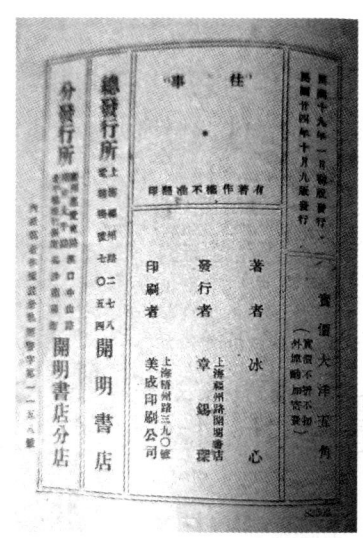

开明书店 1935 年 10 月九版

事"是隶书,"冰心女士"为手体楷书,这六个字,分别镶嵌在一幅版画中,图案为背向的女士仰望星空。这是一个设计感很强的封面,出现在第四版,以后的各版又回到了初版,这就有些不明白民国图书市

开明书店 1931 年 1 月四版

071

场的趣向了。

还有三个版本，需要一叙：1944年出现了一个"内三版"，版权页示"中华民国十九年一月初版发行，中华民国三十三年二月内三版发行"。仍然是开明书店版权，只是发行人由"范洗人"改为"范洮人"，总发行所已至桂林。"内三版"的"内"是否指的是"内地"？在此之前的一个版本是"中华民国三十一年八月赣一版"，总发行所仍在上海，但印刷却在"赣县慈燦轩印刷厂"，"内三版"也是这家厂印刷，发行人则是"章锡琛"。由此推断，抗战时期开明书店南迁，居无定所，但一路仍然在出版印书，包括《往事》在内。赣一版的封面未变，用的是隶体的封面，而到了"内三版"时，封面大变，重新设计，"往事"

开明书店1942年8月赣一版

开明书店1944年2月内三版

二字竖排中央，印刷特号宋体，"冰心著"竖排右上，周边是装饰图案与线框，是《往事》有设计感的另一个版本。

奉天东方书店有一个《往事》版本，版权页示"康德六年一月廿日印刷　二月十日发行"，编辑人为朱楠秋，印刷所是关东印书馆。之所以出现了编辑人，因为这个《往事》版本并非开明版，而是重新编辑的版本，收入《往事》（其一）与（其二），其他篇目均未入。这个版本的封面设计颇具艺术范，有色彩、有图案，一看就是《往事》的另一个版本。

回过头来说说我所得到的第二十版的《往事》，这是一本从国外寄回的书。2005年12月21日，我收到马来西亚北南曼丁柯杰雄先生寄来的一个挂号件，内有第二十版的《往事》，并随

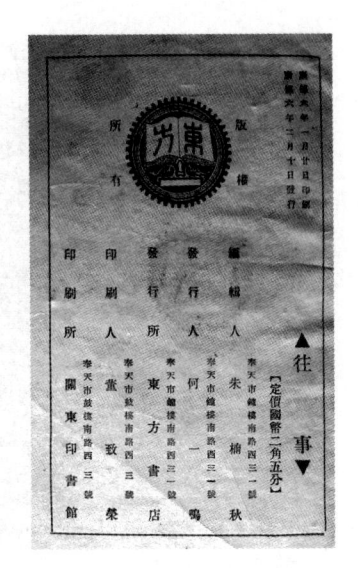

奉天东方书店［伪满］康德六年（1939年）1月版

一信，言："该书可能是50年代求学时期向老同学索回而珍藏，至今已逾半个世纪。当时价格只卖0.90（九毛），幸好纸张至今仍没破。当时家境贫苦，根本没有钱买书，故因爱书而收藏。小学的书本至今仍收有，但不少已破烂不堪！初中课本第一次读到冰心先生之'寄小读者'，至今不忘！"柯先生在国内上学，后去了马来西亚，《往事》带出国又寄回来，十分珍贵。这个版本本应交冰心文学馆，但馆里已有此版本，而柯在信中亦交代，如馆里有此书，则"送予王老师好了"，且有"请笑纳"的谦辞。柯先生与我多有书信往来，我去马来西亚也得到他的接待，因为冰心的缘分，我们也成了朋友。

1949年之后，国内出版过几个《往事》的版本，1994年重

开明出版社1994年版

新登记后的开明出版社，出版了"开明文库"，第二辑中便有《往事》。2004年1月，东方出版社以"中国现代女性文学经典"出版了《往事》；2010年1月中国工人出版社以"中国文字的美丽经典"出版了《往事》，该丛书由季羡林担任主编；2015年1月，中国画报出版社以"时代经典"出版了插图版《往事》；浙江文艺出版社2014年1月以"名家散文典藏"出版了《往事》等。以上几个版本的时间点均在20世纪90年代之后，除开明出版社为1949年前的《往事》版本外，其余皆为以《往事》的书名重新编辑冰心的作品，包括晚年的作品在内。1992年冰心研究会成立之后，曾与中国文采音像公司联合录制发行了《往事》的有声读本，由我选择了《往事》中适合演播

东方出版社 2004 年 1 月版 　　　中国工人出版社 2010 年 1 月版

中国画报出版社 2015 年 1 月版

的篇章，李由子、钱锋、林卉、赵植等知名的播音员、主持人参与演播录制，留下了《往事》另一样的版本。

浙江文艺出版社 2014 年 1 月版

有意味的是香港东亚书局出版的《往事》，内容与开明版相同，时间则是 1968 年 6 月，这是个很敏感的时间段。香港出版此书可能与这些传言有关：谢冰莹在台湾发文《哀冰心》，误信"冰心和她的丈夫吴文藻双双服毒自杀了"。其后，梁实秋也误信冰心与吴文藻"双双服毒"自杀。冰心虽不像谢冰莹与梁实秋所言，而依然活着，但活得很不痛快，甚至可以说正在受难之际。那时，她被关在作协的"牛棚"，正是这个时间段，年近七十的冰心与牛棚里的一众作家，被赶到京郊劳动改造，接受造反派的"喷气式"批斗。我在《冰心年谱长编》中记录了这

香港东亚书局1968年6月版

个时间的场景，兹录于下：

（1968年）6月14日　随作协前往南苑红星公社参加麦收。"今日起随机关下乡参加麦收。8时50分行李在东总布胡同上车；下午1时50分出发到永定门车站，乘卡车去南苑红星公社。住一古庙中，原为一所中学。"（陈白尘《牛棚日记》）

6月15日　麦收时间表：7时半下地割麦，11时收工。下午3时至7时继续割麦。（陈白尘《牛棚日记》）

6月23日　上午仍然麦收，下午接受"喷气式"的批斗。"每人都汗流如雨，滴水成汪。冰心年70，亦不免。

文井撑持不住,要求跪下,以代'喷气式',虽被允,又拳足交加。但令人难忍者,是与生产队中四类分子同被斗,其中且有扒灰公公,颇感侮辱。"(陈白尘《牛棚日记》)

一处翻出旧作,出版老作家仍未被忘的作品;另一地,老作家被弃郊外,如一介农夫在烈日下割麦劳作、接受"喷气式"批斗……书话至此,再无他言,静默三分钟吧!

1973年10月,"文革"尚未结束,香港东亚书局再版了《往事》,此时,冰心已从湖北潜江五七干校回到北京。一年前在纪念毛泽东《在延安文艺座谈会上的讲话》发表40周年时,她写了一首诗《我们正年轻》张贴在宣传栏里,恰被新华社记者发现并发表,海外的朋友这才知道,冰心依然活着,并且还在写诗。香港《往事》再版,更有了另一层的意义。

2022年10月24日星期一

《去国》版本与"黄皮丛书"

短篇小说《去国》1919年11月发表于《晨报》，这是冰心发表的第4个短篇小说，以前有《两个家庭》《斯人独憔悴》《秋雨秋风愁煞人》，这几篇小说当时的反响不小，且收入不同的文学选本、《初中国语读本》（中华书局出版，沈星一选编）。但以《去国》为书名结集出版，却是在1933年1月。结集的均为那一时期创作的小说，具体篇目为：《两个家庭》（1919年8月）、《斯人独憔悴》（1919年10月）、《去国》（1919年11月）、《世界上有的是快乐……光明》（1920年1月）、《最后的安息》（1920年3月）、《一个兵丁》（1920年6月）、《一个军官的笔记》（1920年8月）、《是谁断送了你》（1920年9月）、《三儿》（1920年9月）、《鱼儿》（1920年12月）、《国旗》（1921年3月）、《一个不重要的军人》（1921年12月）。这12篇小说，基本都是五四大潮后创作发表的，冰心说五四运动的惊雷将她震上了写作的道路，这就是震上写作道路最初的作品。冰心并非大器晚成，她一出道便很惊艳，这里的好几篇小说都曾引起当时的热议，并且被后来的研究者概括为中国最早的"问题小说"，从而奠定了她在新文学小说写作中的位置，直到百年后，仍有旅居西方学者以《两个家庭》作为范本，进行专题研究。

那么，这一批作品为什么会在发表十余年之后，才以《去国》的书名结集出版，并且排在了冰心第8本作品集（含诗集、小说、散文、儿童文学）的位置呢？而此时，《冰心全集》正在紧锣密鼓地推出，冰心最有影响的小说，却是姗姗来迟。

北新书局对出版冰心的作品是最积极的，为何直到1933年1月才结集出版《去国》（1932年10月付版）？难道他们不明白这批小说的影响与价值？并且不是以单本书出版发行，而是将其归入"黄皮丛书"之中，且又不像"新潮文艺丛书""文学研究会丛书"那样放在第一本，而是标以"黄皮丛书"之三，这就显得有些费解了。

"黄皮丛书"《去国》1933年3月二版

我最先读到北新书局的"黄皮丛书",是冰心的《南归》,这是冰心在上海侍母与送母的祭文,扉页上有"贡献给母亲在天之灵"。1931年6月30日夜在北平燕南园写毕。中间仅隔一个月,即当年的1931年8月,北新书局便付排了,随之出了初版。出书的速度之快,让我猜测"黄皮丛书"可能是一种时效性强、快捷出版的书系,但随之我又读到了冰心结集的小说、散文集《姑姑》(1932年7月初版),小说、散文集《闲情》(1932年12月初版),这两本书都不是时效性强的作品集,也编入了"黄皮丛书",且《姑姑》排在《去国》之前。

我并不以为北新书局不看好《去国》这一批作品,但这种迟迟不见出版集子,十余年后出版却是放在"黄皮丛书"之中,并且排列在第三的位置上,其中肯定是有原因的,只是当事人现在都不在了,很难判断前因后果。而有一项后果却是知道的,就是《去国》仅印了两版,即1933年1月初版,1935年10月二版,以后便没有新的版本发行了。这与冰心的任何一本书都不一样,仅仅两版(不知道是不是我未见到别的版本)。冰心其他的作品集,都是一版再版,甚至十几版。

冰心其他三部作品在"黄皮丛书"中的发行情况,也超过《去国》。

先说《南归》,1931年9月初版;1931年(版权页有误,应为1932年)4月三版;1932年7月四版;1933年1月五版;而六版则在3个时间段出现过,即1933年7月六版、1935年1月第二个六版,1936年5月又一个六版。出现这个现象,是不

"黄皮丛书"《南归》1931年4月三版

"黄皮丛书"《南归》1932年7月四版

"黄皮丛书"《南归》1933年7月六版

"黄皮丛书"《南归》1935年1月六版

"黄皮丛书"《南归》1936年5月六版

是与《南归》的封面变化有关？所谓"黄皮丛书"，封面为黄色，书名横排左下角，虚线美术体，书名上下各拉四条通栏线，作者"冰心著"署左下方，为单线美术体，"黄皮丛书"四字在通栏线右上，也为单线美术体。封面90%泛黄留白，仅在中间有一朵三条虚线勾成的抽象花卉水印似的暗花。所有的"黄皮丛书"皆为同一封面，但《南归》却是有两个封面，另一个是封面正中斜挂一个大大的蓝色十字架，周边蓝框，右顶角有一安琪儿与老妇人头像，显然隐喻的是"冰心与母亲"，"南归"二字竖排在左边，美术体，"冰心女士著"贴左下方。这是我见到的"黄皮丛书"中唯一有另版设计的封面。三个六版是否与这个封面设计有关？或者干脆就是有误，1933年至1935年，上海时局并不安稳，北新书局的人员也时有变动，许是造成这种版权有误的原因，只是苦了后辈学人。但无论是多少个六版，《南归》的发行情况是良好的，没有止步在当年或次年。

小说集《姑姑》，共收入小说4篇：《姑姑》（1925年6月）、《第一次宴会》（1930年）、《三年》（1930年）、《分》（1931年8月）。除《姑姑》一篇是在美国留学时创作的，其他三篇均为回国后燕南园时期的作品。北新书局1932年7月即结集付排，属于近作出版，故列入"黄皮丛书"之二，这是可以理解的，与我对《南归》的判断相似。《姑姑》的封面设计与《南归》《去国》相同，如果不看书名，可能误判为同一本书。但《姑姑》的发行也有不错的成绩，1935年1月三版，1937年6月四版，这是我已知的版本。同时，奉天东方书店还有一个版本，即"康德十年八月五日印刷　康德十年九月五日发行"（1943年）。这个版用"印刷"二字是准确的，因为从封面到内文，与北新书局"黄皮丛书"的《姑姑》版本如出一辙，所以只说是印刷。此时的"关东印书馆"已日化了，成为"关东印书馆株式会社"。由此也可推断，《姑姑》此时仍然有版本在发行。

"黄皮丛书"《姑姑》1942年8月版

散文诗歌集《闲情》，所收的作品比较杂，1932年12月发排，1933年1月初版，发排的时间比《去国》早一个月。所收作品分上下卷，上卷为散文：《遥寄印度哲人泰戈尔》（1920年）、《"无限之生"的界线》（1920年）、《画——诗》（1920年）、《问答词》（1921年）、《闲情》（1923年）、《好梦》（1923年）、《我的文学生活》（1932年）。下卷为诗歌：《不忘》（1922

年)、《玫瑰的荫下》(1922年)、《不忍》(1922年)、《使命》(1922年)、《惆怅》(1923年)、《倦旅》(1924年)、《相思》(1925年)、《我爱,归来罢,我爱》(1928年)、《我再也不能承受这样的温存》(1930年)、《我劝你》(1931年)。所收作品与《去国》的时间段相近,一个小说集,一个散文诗歌集,作者与编者均有体裁类型的考量。《闲情》也可称之为旧作,旧作发"黄皮丛书",发行量似乎都不怎么好,与《去国》一样,该书1933年1月初版后,我没有见到过其他的版本。

"黄皮丛书"《闲情》1933年1月初版

关于"黄皮丛书",我没有找到文献资料,不知道它是专为冰心设立的还是有其他作家的作品加入,只得微信请教陈子善教授。陈教授百忙中查找资料为我解答:"黄皮丛书"始于冰

087

心,且以冰心为主,还将冰心的四种(即本文上述的四种),按顺序与版次作了列表。同时告知,"黄皮丛书"已知一共出了六种,列表中的另两种是:赵景深著《小妹》,1933年3月初版;石民选译《他人的酒杯》,1933年10月初版。从初版的时间看,这两种后于冰心四种,但说明"黄皮丛书"不限于冰心。丛书的出版时间段为:1931年8月至1933年10月。

2022年11月3日星期四

一次旅行与一本书

《平绥沿线旅行纪》与《冰心游记》，书名不同，实则为同一本书，一次旅行引起的一本书。

1934年的暑期，时在燕京大学任教的吴文藻、冰心，应平绥铁路局局长沈昌之邀，组织平绥沿线旅行团。沈昌是浙江桐乡乌镇人，曾与吴文藻、冰心同船前往美国留学。学成回国后，曾任上海市政府秘书、江苏省镇江县县长，为开发平绥铁路沿线，出任局长。沈昌到任后有一套构想，其中就包括对铁路沿线的考察与宣传，因而，邀请吴文藻、冰心组织一个学者、作家与摄影家的旅行团，对平绥铁路沿线展开一次旅行考察。这是冰心自登上文坛以来，第一次接受外来安排的考察与写作任务。

于是，冰心、吴文藻邀请燕京大学的一众学者、教授共同参与，组成旅行团。成员是：顾颉刚、郑振铎、陈其田、赵澄、文国鼐、雷洁琼，共计8人。旅行团于7月7日早晨，在傅作义的联络副官张宣泽上校陪同下，从清华园出发，开始了这次旅行。一上车，他们在车上的会客室开会，商议分工：陈其田注意沿线的经济状况，雷洁琼了解宗教状况，郑振铎注意古迹故事，顾颉刚侧重民族历史，吴文藻注意蒙古毡房，冰心记载途中印象，文国鼐写英文导游手册，赵澄担任摄影。他们乘坐的是平绥铁路局的公事专车，"卧铺、书案，应有尽有，一切设备均极整齐舒畅。饭车上厨师，自言是梁燕孙旧佣，谈及世家往事，似不胜今昔之感"。

旅行团经青龙桥、怀柔、土木堡、沙城，抵宣化，此后的行程大致如下：7月8日，在宣化参观，登城头之威远楼、药王阁、城中央的镇朔楼，察看废置的龙烟铁矿，参观了天主教修道院、恒山寺、弥陀寺、清真寺、朝天观、介春园。7月9日，至张家口，登元宝山，观看了赐儿山、云泉寺、朝阳洞、来远堡以及公园等。7月10日，从张家口到大同，参观皇路街的九龙壁、大华严寺（上寺）。"大同为北魏旧都，武帝于天兴中（三九七——四〇三年）建宗庙于此，为塞北首要之地。历代均有伟大建筑，古迹极多，我们神往已久。今日地湿，不能远游，半日中只在车上看书谈话，并到车站附近看看大同的名产砂锅和铜器。"7月11日午后，向云冈石窟进发，盘桓了三日，7月14日到口泉镇参观煤矿。7月15日在大同，观看南寺、曹福洞、长胜楼等。夜离大同。7月16日在丰镇，晨闻平绥铁路局局长沈昌快车停在丰镇，"隔窗匆匆招呼，听说刘半农先生，到百灵庙考察方言，得病回平，不治而逝。闻讯之下，大家惊悼!"步行到文庙、灵岩寺,夜离丰镇。7月17日到平地泉。因卓资山一段铁路冲毁,议定暂折回北平,等铁路修好,直赴绥远。此时,绥远主席傅作义的专车停在平地泉。傅作义来看望学者们,谈及绥远地方建设,和学校人员合作问题。午后出城登老虎山,入城参观蛋厂。夜离平地泉。7月18日晚七时许,到清华园站,返回北平。

20天后,即8月8日,平绥沿线旅行团第二次出发,登车赴绥远。文国鼐因赴北戴河休养,改由容庚加入旅行团。9日直抵绥远,到绥远城省政府拜访傅作义主席,从专列上迁居省府招待处,晚,在绥远饭店会见绥远各界人士。10日参观比国公医院,后至旧城参观召庙,午后,游览怪园,后赴傅作义的晚宴。11日赴百灵庙。途经武川县,因倾盆大雨,不能前进,夜宿娘娘庙。12日离武川县,经召河,进入达尔罕旗地,抵百灵庙。14日游康熙营盘,访问蒙古包。参观了蒙政委员会云王、德王的毡房。德王专门为旅行团举行赛马摔跤大会,场景浩大。15日离百灵庙,到归绥。16日旅行团部分团员赴昭君墓,17日离归绥,午抵包头,游龙泉寺,参观地毯厂。18日赴固阳县之五召当(又称广觉寺),19日参观包头第一次引水试验种稻。20日从包头至公积坂,26日回到北平。"午后重过宣化,买葡萄一筐,过沙城时又买青梅酒一瓶,过南口又买白桃一篓。六时半抵清华园站,下车回家,入门献酒分果,老小腾欢,我们则到家反似作客,挟衣拄杖,凝立在客室中央,看着家人捧着塞外名产欢喜传观之状,心中只仿佛的如做了一场好

梦!"（以上均引自《平绥沿线旅行纪》）

冰心回到北平后，即着手写《平绥沿线旅行纪》，至1935年1月29日夜毕，详细记载了两次沿平绥铁路考察的情况。虽为纪实，文字却优美。1月30日，为《平绥沿线旅行纪》写序，表述了这出考察的意义："平绥沿线的旅行，自我个人看来，有极重要的几点：一、自从东北失守之后，国人惧然的觉出了边防之重要，于是开发西北之声，甚嚣尘上。而到底西北在哪里？中国西北边况到底如何？则大抵茫然莫知所答，且自东北沦亡，西北牧畜、垦殖，又成全国富源之所在，而西北的土地、物产、商运等各种情形，我们亦都甚隔膜。平绥铁路是人民到西北去，及货物从西北来的一条孔道，是个个国人所应当经行，应当调查的。二、较早的中国铁路之中，只有平绥线是完全由中国人自己计划，自己勘测，自己经营的。青龙桥长城之侧，矗立着工程师詹天佑公之铜像，这充分的发扬焦虑、深思、坚持、忍耐的国民性的科学家，是全国人士所应当瞻仰纪念，并以自励自信的。三、平绥路线横经长城内外，所过城邑的人民风俗习惯，宗教信仰各不相同，是研究中国政治经济，文化的最好的园地；同时，在国难之中，我们不当再狃于旧习，闭居关内，目边人为异族，视塞外为畏途，我们是应当远出边境，与各族同胞剖心开怀，精诚联合，以共御强邻的侵逼的。四、平绥铁路的沿途风景如八达岭之雄伟，洋河之纡回，大青山之险峻；古迹如大同之古寺，云冈之石窟，绥远之召庙，各有其美，各有其奇，各有其历史之价值。瞻拜之下，使人起祖国庄严，一身幼稚之感，我们的先人惨淡经营于先，我们后人是应当如何珍重保守，并使之发扬光大！""我们旅行的目的，大约是注意平绥沿线的风景、古迹、美建、风俗、宗教以及经济、物产种种的状况，作几篇简单的报告。"就个人而言，"这次六星期的旅程之中，充分的享受了朋友的无拘束的纵谈，除了领教了种种的学识之外，沿途还会见了许多边境青年，畸人野老。听见了许多奇女子、好男儿的逸闻轶事，耳目为之一新，心胸为之一廓，我对于这次旅行的欣赏感谢，是罄笔难书的"。

1935年2月，《平绥沿线旅行纪》由平绥铁路管理局出版。封面无图设计，淡蓝本色胶版纸，竖排印刷仿宋字，自右而左："谢冰心著 平绥沿线旅行纪 平绥铁路旅行读物之一"。封底是"大同矿业公司"与"统销山西大同清烟煤炭"两则广告。扉页有"平绥铁路沿线风景故迹简图"，一条斜线上标出20余处，同时有故迹与旅行团照片插页20余幅。封二列出了本次旅行团撰写的读物目录：一，谢冰心著《平绥沿线旅行纪》，每册两角；二，顾颉刚著《王同春开发河套记》，每册六分；三，吴文藻著《蒙古包》，每册五分；四，郑振铎等著《西北胜迹》，每册一角五分。该书的目录有容庚的《居庸关过街塔》与《麦达召》，郑振铎的《云冈》与《昭君墓》（除此之外，尚有《西行书简》），蒋恩钿的《大青山》。（蒋恩钿没有参与此次旅行，尚在清华大学读书，听过冰心的课，与冰心多有交往，后来成为中国培植月季花的专家，被称为"月季夫人"。容庚第二次加入旅行团，时间也不短，《容庚北平日记》中却没有这次旅行的

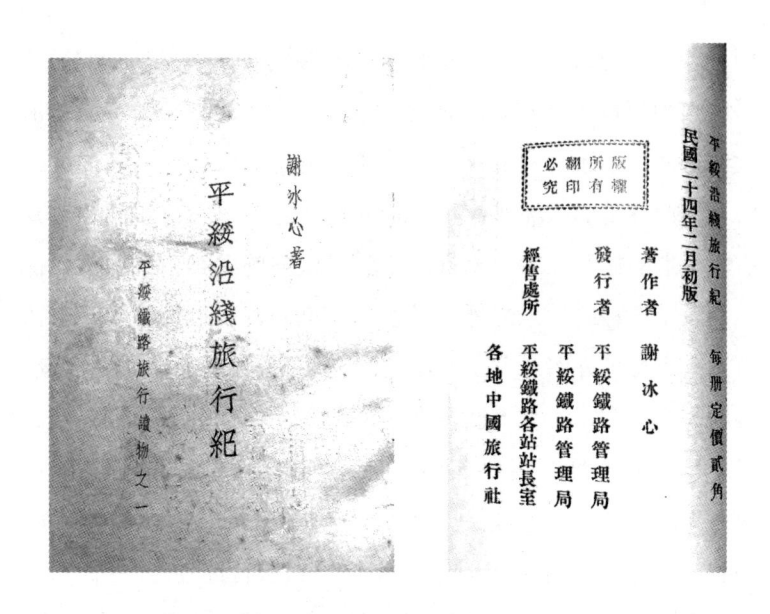

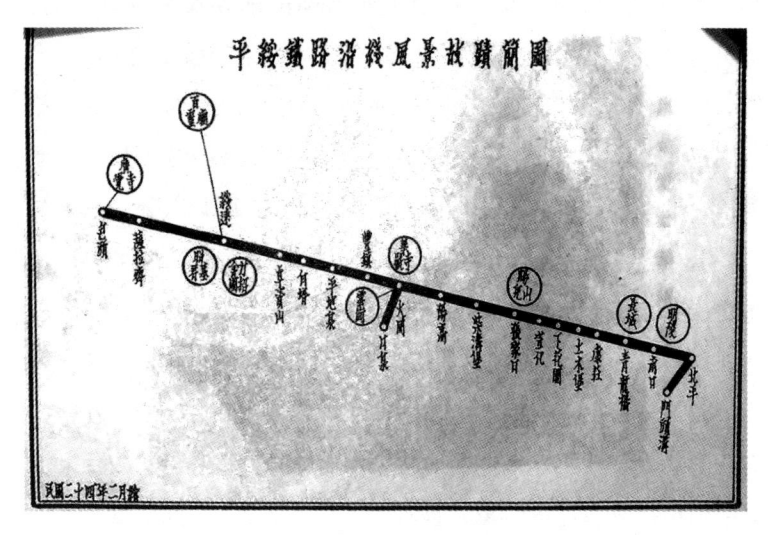

平绥铁路局版本

记录，不知何故）。五，雷洁琼著《平绥沿线之天主教会》，每册五分。以上各书的定价均为"邮费在内"。封三是为版权页，发行者为"平绥铁路管理局"，经销处所为"平绥铁路管理局 平绥铁路各站站长室 各地中国旅行社"。

北新书局那时正在起劲地出版冰心的著作，尤其是刚刚成功发行了《冰心全集》，对冰心的写作情况相当清楚，在她即将启程平绥铁路旅行时，便取得了出版该次旅行文字的版权。冰心则要求，不能出版在平绥铁路管理局之前，北新自然是答应了，因而，2月平绥铁路的书一出，次月即3月，北新书局便全书推出《平绥沿线旅行纪》，但改了一个书名，叫《冰心游记》。

《冰心游记》的封面设计为水墨丹青，不是以草原而是以崇山设色，近处为随意的写实，右下"冰心游记""北新书局版"，为一人手书，下方有"慎齐"二字的篆刻红印，可以说是冰心在北新书局出版的书中设计最随意的一本书。版权页注明：冰心游记，民国二十四年三月付排，民国二十四年三月初版。也就是当月付排当月发行，算是神速了，定价却是比铁路局版高出一倍：实价大洋四角。在封三列出了北新书局出版的"冰心女士其他著作"目录：《冰心散文集》《冰心诗集》《冰心小说集》（以上三集均为《冰心全集》的分册），《寄小读者》《闲情》《春水》《南归》《姑姑》《去国》计9种，加上《冰心游记》，北新书局当时便有了十种之多的冰心版权本。

尽管北新书局用神速推出了《冰心游记》，但该书初版之

北新书局《冰心游记》1935年3月初版

后,我没有见到过再版的版本,不知道是真无再版还是我的视野所限。

6年之后即1941年,巴金重编《冰心全集》,易名《冰心著作集》,第一次将《平绥沿线旅行纪》收入"散文集"中,该书由开明书店发行。其后陆续收入冰心其他的选集、全集之中,均以该名收入,《冰心游记》的书名再也没有出现过。

《平绥沿线旅行纪》直至1981年才享有独立书评,1月13日宁昶英在《内蒙古日报》发文:《冰心和〈平绥沿线旅行纪〉》,认为:"这篇游记给人感受最深的,就是作者对内蒙古草原风光的酷爱,以及发自内心深处的对兄弟的蒙古民族的尊敬、友好的真情。《平绥沿线旅行纪》不但是一本游记佳作,而且是一本有价值的历史参考书,是30年代记载、描述我国西部地区各方面情况的一本好书。"刊以此文,估计与《包头史料荟要(5)》的编辑出版有关(包头市地方志史编修办公室、包头市档案馆,1981年06月)。该"荟要"收入编目为:《大土匪卢占魁传》、《包头佛教史略》、《清代包头地区土地的租与典》、《包头的黑皮房》(1928年日本人安斋库治调查报告)、《日伪时期的东、西俱乐部》、《解放前的甘草和甘草行业概况》、《包头稀土科研发展史》、《包头的银钱业》、《大青山支队和有贡献的土默特蒙古人》、《旧包头教育亲历记(下)》、《吴佩孚包头三日行》、《包头昆都伦河流域的地质地貌及古代城塞初探》,压轴之作则是冰心的《平绥沿线旅行纪》。

2002年3月,山西古籍出版社出版了《西行书简·平绥沿线旅行记》(郑振铎　冰心著),封面有"60多年前的一次文人大旅行"语,且有一段反白文字:"1969年历史学家顾颉刚回忆道:平绥铁路局局长沈昌,是燕大教授吴文藻的美国留学时的同学,他要请燕大教授组织一个'察绥旅行团',他的目的,是要教授们参观之后,每人写一篇文章,介绍当地的古迹、物产、风俗,激起游客的兴趣。"封面设计有吴文藻与冰心的小幅合影,用了草原、马与蒙古包作为封面主体,印数为4000册。郑振铎的《西行书简》系旅行时的书简,每至一地,均以书简作为记录,书中并配图片。不过,《西行书简》仅为一组,同时还有《山中杂记》《海燕》《石湖》三组,冰心的则为《平绥沿线旅行记》全本,每日每地记载的均有地名、距某某地多少公里、高度是多少公尺,精度到小数点后的两位数。

山西古籍出版社 2002 年版

2023 年 5 月 6 日于根舍,11 日改于西安

《冬儿姑娘》版本数种

1935年3月，北新书局发行《冰心游记》之后，次月即发排了冰心的另一本书《冬儿姑娘》，版权页有"民国二十四年四月付排　民国二十四年五月初版"，定价为四角。书中仅收录小说三篇：《冬儿姑娘》《相片》与《我们太太的客厅》，均为1933年与1934年的作品。不像此前的新作以"黄皮丛书"推出，而是单独发行，可见北新书局对冰心新作发行的信心。该书的封面设计采用了"星星"与"月亮"的构图，"星星"为不定布局的五星，月亮为淡紫红，反白"冬儿姑娘"手写体，下方仅用"冰心新作　北新出版"，若在今日，颇不规范，但这种设计才显示了别致与生动。

但是，《冬儿姑娘》与《冰心游记》一样，初版之后便无下文，与北新发行的冰心其他著作连连再版的情况不同，个中原因是1935年后，国内的形势日趋紧张。1937年上海沦陷，北新书局便已停业，除几种重要的书在内地尚有发行，大部分业

上海北新书局 1935 年 5 月初版

务都已停摆，这可能是导致此两个版本仅发行了初版本的原因。

然而，有着日伪背景的三通书局，却在 1940 年发行了《冬儿姑娘》，版权页上是"中华民国二十九年十一月十日印刷　中华民国二十九年十一月十五日发行"。编辑者、发行者与印刷者，均为三通书局，代表人为中村正明。该书在北新版的基础上增加了一篇《第一次宴会》，是冰心 1929 年的作品，算是旧作收入。三通版的封面设计与《超人》一样，四周是龙的图腾，中间横排"三通小丛书　冬儿姑娘"，下方置"谢冰心著　上海三通书局　1026"。

上海三通书局1940年11月版

到了1941年11月，有家叫大中文化社的书局也出版了《冬儿姑娘》，版权页上置"中华民国三十年十一月初版"，定价为实价国币洋三元。不能确定是否为盗版，但可以说这个定价不低。编选者为韩丁惑、校阅者为梁欣秋，选编内容与北新书局版不同，计6篇：《冬儿姑娘》《第一次宴会》《分》《寂寞》《别后》《通

大中文化社版

讯（八封）》，选编的时间跨度比较大，体裁不一，有小说与散文两类。书前有选编者写的序言，从中可以看出对冰心还是比较了解的，序中有一段话，我在这一时间段其他文章中未见过，说："五四运动起后，1919年她开始写作，那时她在北平燕京大学读书，课外常写些小说，诗歌，小品之类的文章投给当时的晨报副刊，后又陆续发表超人等作品于小说月报，当时的新文坛尚在幼稚时期，女士的作品更是少见，所以一般的读者一见到冰心女士清丽婉妙的文章，立刻大为感动，当时她所得的赞美和欢迎，真可说是空前的了。于是冰心便为当代中国女作家的泰斗了。"序中还说："她的作品是善写母亲的爱，善于赞美海与自然的景物，笔调清丽，情感浓厚，读之极能动人，她的小说，散文，诗歌都写得极好，其诗的作风受印度泰戈尔《飞鸟集》影响甚深。"这个序写于1937年5月29日，那时冰心尚在北平。序中除了将冰心与吴文藻结婚的时间弄错外，其他无误，那一段评价的文字，还是很高很有力的，竟然用了"泰斗"二字。民国三十年（1941年）十二月，韩丁惢还选编了冰心的《超人》，由西安群众书社发行，有关信息，我在《超人》书话中曾有交代。

《冬儿姑娘》另一个版本，是为绿杨书屋刊行的选编版，标明为"名家文艺新辑"。发行的时间为1939年，编选者为穆汶，版权页上标明"有选编权　不准翻印"。这是一本几位作家的合集，主要是冰心的作品，计有7篇：《西风》《斯人独憔悴》《寂寞》《姑姑》《冬儿姑娘》《第一次宴会》《烦闷》。其他作家的作

绿杨书屋版

品有6篇：《某夫妇》（沈从文）、《鬼影》（罗洪）、《婴儿》（舒群）、《野外》（艾芜）、《彷徨》（庐隐）、《牛车上》（萧红）。这个版本的封面为淡绿底反白碎叶纹，书名竖排"冬儿姑娘"；"冰心等著"列于右上角；左边是"绿杨书屋刊行"。这个绿杨书屋还曾刊行过冰心的其他作品，但我却是找不出这家书屋的城市与地址。

北新版《冬儿姑娘》直至1995年10月，敦煌文艺出版社影印过一次，总印数2000本。所谓影印，篇目与排版均不变，定价38元。封面设计，与影印的冰心其他作品与民国时期其他作家作品相一致，烫金豪华精装，除书名外，其他各书均有：中国现代文学大师名作珍本复刻丛书，中国现代文学馆主编及制作与出版单位等。冰心作品在这套复制书中的占比很大，有《繁星》《春水》《寄小读者》《冰心小说集》《冰心散文集》《冰心诗集》等。

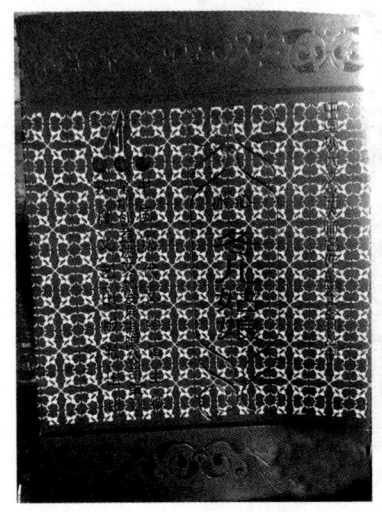

敦煌文艺出版社1995年影印本

也就是这个影印本后，多家出版社相继出版了《冬儿姑娘》，但这都不是北新版的再版，而是用了《冬儿姑娘》作为书名，书中选编的是冰心不同时期作品，并且偏重于儿童文学。1996年，青海人民出版社出版了《冬儿姑娘》，无选编者，印数5000册。2013年5月，江苏科技出版社出版了彩绘本的《冬儿姑娘》，用了丰子恺儿童画，主编为冰心的女婿陈恕。这是一套书中的一本，总策划为上海采芹人文化，版权页上出版发行成了两家，排在前头的是：凤凰出版传媒股份有限公司。江苏还有一个选本，南京大学出版社的《冬儿姑娘》（2015年5月），先是以儿童文学全集的形式出版的，后则以"课本里的大

青海人民出版社版

南京大学出版社版

江苏科学技术出版社版

安徽少年儿童出版社2019年版　　北京理工大学出版社版

师"发行（2021年版），编者是吴青、陈恕、眉睫。以后的几家出版社，四川少年儿童出版社的《冬儿姑娘》（2007年1月）为插图版，选编者为陈恕、葛翠琳，王晨绘画，以珍藏作为发行口号，"永远的珍藏"标在封面的顶端，并有"中国儿童文学百年精华名家选集"的副题。安徽少年儿童出版社的《冬儿姑娘》打出"冰心青少年文库"的旗号，用的也是丰子恺的画。北京理工大学出版社也有一个《冬儿姑娘》的彩绘本，绘画人为子墨，封面的广告语有"儿童文学经典　精美手绘彩插""中国现代儿童文学奠基人冰心短篇小说集""教育部推荐读物　新课标必读"等。这后一句广告可能有不切之处。

2023年5月18日星期四

三十年代的《冰心全集》

冰心在32岁时出版了第一个版本的《冰心全集》。这个年龄不是出版全集的时候，况且她的创作正旺，不时有新作面世。出版这个全集，完全是为了防止盗版、翻版、滥印与冒名之作。

她自己就说："我从来没有刊行全集的意思。因为我觉得：一，如果一个作家有了特殊的作风，使读者看了他一部分的作品之后，愿意读他作品的全部，他可以因着读者的要求，而刊行全集。在这一点上，我向来不敢有这样的自信。二，或是一个作家，到了中年，或老年，他的作品，在量和质上，都很可观。他自己愿意整理了，作一段结束，这样也可以刊行全集。我呢，现在还未到中年；作品的质量，也未有可观；更没有出全集的必要。"（全集"自序"）

之所以出版，是基于这样的一些事实与经历：

前年的春天，有一个小朋友，笑嘻嘻的来和我说："你又有新创作了,怎么不送我一本?"我问是哪一本。他说是《冰心女士第一集》。我愕然,觉得很奇怪!以后听说二三集陆续的也出来了。从朋友处借几本来看,内容倒都是我自己的创作。而选集之芜杂,序言之颠倒,题目之变换,封面之丑俗,使我看了很不痛快。上面印着上海新文学社,或是北平合成书社印行。我知道北平上海没有这些书局,这定是北平坊间的印本!

这说的是盗版、翻版与滥印。还有:

去年春天,我又到东安市场去。在一个书摊上,一个年轻的伙计,陪笑的递过一本《冰心女士全集续编》来,说,"您买这么一本看看,倒有意思。这是一个女人写的。"我笑了,我说,"我都已看见过了。"他说,"这一本是新出的,您翻翻!"我接过来一翻目录,却有几段如《我不知为你洒了多少眼泪》,《安慰》,《疯了的父亲》,《给哥哥的一封信》等,忽然引起我的注意。站在摊旁,匆匆的看了一过,我不由得生起气来!这几篇不知是谁写的。文字不是我的,思想更不是我的,让我掠美了!我生平不敢掠美,也更不愿意人家随便借用我的名字。(全集"自序")

这说的是冒名之作吧。一个作家的作品,在市场上有人盗版、冒名,固然反映了这个作家受到市场与读者喜爱的程度,但同时又严重地侵犯了作家的名誉权和著作版权，所以冰心委托出版她的作品的北新书局提起上诉，但是"两年多了，而每次到各书店书摊上去，仍能看见红红绿绿的冰心女士种种的集子，由种种书店印行的，我觉得很奇怪"。最后，北新书局只得告诉冰心：禁止的呈文上去了，而禁者自禁，出者自出！唯一的纠正办法，就是由冰心自己把作品整理整理，出一部真的全集。"我想这倒也是个办法。真的假的，倒是小事，回头再出一两本三续编，四续编来，也许就出更大的笑话！我就下了决心，来编一本我向来所不敢出的全集。"（以上均引自全集"自序"）

这就是冰心在创作旺盛期出版全集的原因。

1932年清明前，冰心从燕南园避入北平近郊香山的双清别墅，和她的助手开始整理自1919年五四运动以来发表的作品，截止时间为1931年底，即小说《分》之前，前后计13年。

《冰心全集》的体例分小说集、诗集与散文集，冰心曾称"小说之部""诗之部""散文之部"，正式出版时却未采用；也不是以一、二、三分集或分卷，而是以《冰心全集》之一《冰心小说集》、之二《冰心诗集》、之三《冰心散文集》体现，这样既是全集，又可独立。

小说集的编目为：《两个家庭》《斯人独憔悴》《去国》《世界上有的是快乐和光明》《最后的安息》《一个兵丁》《一个军官的笔记》《是谁断送了你》《三儿》《鱼儿》《国旗》《一个不重要的军人》《超人》《爱的实现》《最后的使者》《离家的一年》《烦闷》《疯人笔记》《遗书》《寂寞》《悟》《六一姊》《别后》《剧

后》《姑姑》《第一次宴会》《三年》《分》。前有作者1932年清明节所写的"自序"（即《我的文学生活》）。计28篇，加序言。

诗集编目为：《迎神曲》《送神曲》《病的诗人（一）》《病的诗人（二）》《诗的女神》《假如我是个作家》《"将来"的女神》《向往》《病的诗人（三）》《不忘》《晚祷（一）》《玫瑰的荫下》《不忍》《十年》《使命》《纪事——赠小弟冰季》《中秋前三日》《安慰（一）》《安慰（二）》《晚祷（二）》《致词》《解脱》《信誓》《惆怅》《纸船——寄母亲》《乡愁》《远道》《倦旅》《赴敌》《相思》《我爱　归来罢　我爱》《往事集自序》《我再也不能承受这样的温存》《我劝你》《繁星》《春水》，计36篇。

散文集编目：《遥寄印度哲人泰戈尔》《"无限之生"的界线》《画——诗》《问答词》《梦》《笑》《往事（一）》《到青龙桥去》《闲情》《好梦》《往事（二）》《〈寄小读者〉四版自序》《寄小读者·通讯一至二十九》《山中杂记》《南归》。共计43篇加序言。

各集的排列，以发表的时间为序。而对小说、诗与散文体裁的认定，冰心也自有主张。此时，冰心出版与正在出版的作品集有：诗集《繁星》（1923）、《春水》（1923），小说集《超人》（1923）、《去国》（1933）、《姑姑》（1932），散文集《寄小读者》（1926）、《往事》（1930）、《南归》（1931）、《闲情》（1933）等，这些集子所收作品的体裁，小说、散文与诗时有交叉，全集不完全以已出版的体例为准，而是根据作品的体例特征来界定。比如，《笑》发表在《小说月报》，收入小说集《超人》，在全集中则编入散文集。

冰心1919年8月25日在《晨报》上发表《二十一日听审的感想》，至全集截止1931年底的《记事无根而失实》，总共发表各类体裁的作品197篇［与全集的编目对应，《往事》（一）20篇、《往事》（二）10篇、《山中杂记》10篇、《繁星》（164首）、《春水》（182首）均作为一篇而统计］，而《冰心全集》总共收入109篇，也就是说有88篇未收入全集之中，收入全集的仅占发表作品的55%，将近一半未编入。没有收入全集中的作品，大类而言是杂感、随笔，其如：《二十一日听审的感想》《"破坏与建设时代"的女学生》《我做小说，何曾悲观过呢?》《译书之我见》《解放以后责任就来了》《法律以外的自由》《非完全则宁无》《蓄道德能文章》《中西戏剧之比较》等，这些都是研究冰心十分重要的作品，但一篇都不入，可能冰心主要考虑的是读者的需要，而非研究与留史的考量。三种体裁中，诗歌未入者最多，发表于1921年的《圣诗》，计有15首，一首也未进入全集，周作人为其挑选收入《春水》诗集的《一朵白蔷薇》《冰神》《谢"思想"》《哀词》《十一月十一夜》等，也未收入全集。当时她就对周作人收入这些诗到《春水》诗集中颇有微词，到了编全集时，依然坚持自己的主张。小说方面，《秋雨秋风愁煞人》《庄鸿的姊姊》《骰子》《还乡》《一个并不重要的兵丁》《月光》等都未编入，更重要的是《悒怅》，这是一部可称为中篇小说的作品，1929年12月连载于天津《益世报副刊》第 18~25 期，冰心自编全集亦未编入。从时间上说，这篇小说的发表与全集的编辑，相隔仅四年，不可能遗忘，可以解释的是，冰心并非喜欢这篇带有实验性的通俗小说，属于故意不入之作。因而 90 年代编辑她的全集时，也未收入，并且排除它是冰心的作品，原因是与冰心一贯的语言风格不一样，三角恋爱的结构也非"冰心体"，所以这部小说一直游离于 90 年代之后的几个版本的《冰心全集》之外。散文方面，《一只小鸟》《宇宙的爱》《山中杂感》《图画》《回忆》《除夕》《赞美所见》《绮色佳 Ithaca》等一些被后来的读者认为优美的散文，均未编入。

在香山别墅编辑《冰心全集》时，冰心按照小说、诗与散文列序，出版时，之二诗集先出，1932 年 6 月付版，8 月出版；之三散文集随后，也是 6 月付版，9 月出版；之一的小说集 10 月付版，来年 1933 年 1 月才出了初版。由于全集的三集均可单独发行，不按顺序出版也没有多大关系。

也由于各集具有独立性的原因，每一集均有"自序"也即《我的文学生活》一文，使得每集均可自成一体。这个"自序"，除阐述为什么要出版全集的原因之外，冰心主要回顾了自己的生活与创作道路，所读的书、所受的教育，写作与五四运动的关系，尤其是自己的文学经历与主张。从所编入全集的作品看，虽然不是全部作品，但也基本代表了冰心这一阶段、也就是她的第一个文学创作时期的成就，也可以说体现了这一时期新文学的水平。

北新书局在出版《冰心全集》时，制作了两个版本，精装与平装，每一集的精装与平装的定价一致，均为精装一元半，平装一元。这个全集仅发行了五年，自1933年至1937年，上海沦陷后，北新书局关闭停业，全集也随之停止再版。我看到的平装本情况如是：小说集1933年1月初版、1934年4月三版、1937年2月六版；诗集1932年8月初版、1934年8月4版；散文集1932年9月初版、1932年10月再版、1933年2月三版、1934年9月五版、1937年5月八版（估计这是最后一版

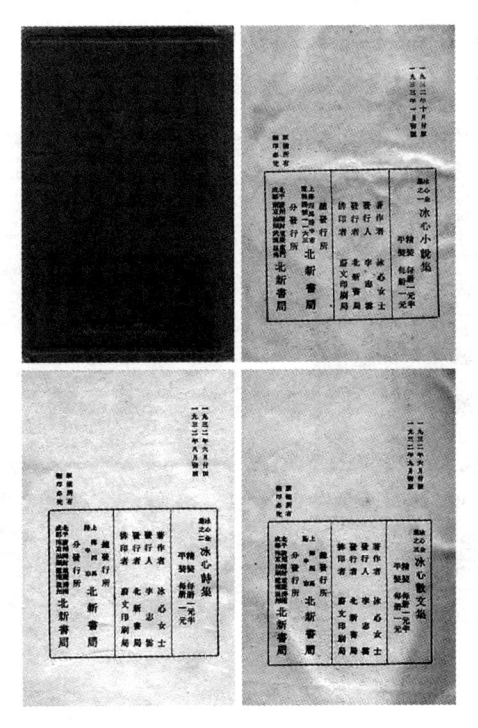

北新书局全集初版

了)。每版印数不详,但版税是明确的,均为 20％,也就是说每一本书,精装本可得 3 角、平装可得 2 角的版税。当时北新书局的版税标准分三等:仅鲁迅一人 25％、冰心、郁达夫、周作人等 20％,其他的作者 15％。(陈树萍《北新书局与中国现代文学》,上海三联书店 2008 年 12 月)

《冰心全集》的精装本为硬板绢面,玫瑰红,封面凹版暗花边,中错落三线,上置三个五星,下方有"冰心全集"四字,均为凹版,封底是北新书局的凹版徽标。小说、诗、散文均同,封脊则有别,图文烫金,装饰图豪华,"冰心全集"四方排,跟下的是"冰心小说集""冰心诗集""冰心散文集",大概定价多

北新书局全集精装本合集　　北新书局全集散文集精装本
　　　　　　　　　　　　　1932 年 9 月初版

出的五角,都花在了豪华的封面与书脊上了吧。平装本封面横排,"冰心全集"四字下标"冰心小说集""冰心诗集""冰心散文集",各集均有"北新书局印行",有的则加"上海"二字。在横排的字面上,通栏斜披色条,小说以一条、诗集以两条、散文以三条色块斜披封面,既是统一,又有区别。这个看似简单的设计,却是颇具匠心的,色彩与形式感都很强。

北新书局全集小说集平装本1934年三版

北新书局全集诗集平装本1934年8月四版

北新书局全集散文集平装本1933年2月三版

《冰心全集》精装本以豪华、平装本以活泼形象现身。冰心文学馆有一套完整的精装本，原是放置冰心会客厅的书架上，每回去探望冰心，我都会情不自禁地翻阅、抚摸这套书，依然有书香，甚是爱不释手。在小说集的扉页上，有个英文签名，翻译为：致包贵思，婉莹，1933年11月10日。我曾问冰心先生，这套送出去的书，如何又回到了您的书架上？冰心沉思言："包贵思是我的英文老师，我到美国留学就是她安排的。这个精装本北新书局仅送我两套，我签名送了她一套，自己留一套。北京沦陷后，我们全家搬到云南去了，我的那一套书留在燕南园的阁楼上，连同其他十几箱的物品，从重庆复员后统统都不见了。这套书是包贵思带到了美国，去世前，交代将它归还给我。美国人似乎有个习惯，珍贵的赠品最后要物归原主。"那时我正在筹建冰心文学馆，见我那么喜欢，冰心又说，"以后这套书就给你吧。"

就在冰心避入香山别墅编辑全集的时候，上海的北新书局也在做一件与全集有关的事情，这就是搜集、编辑自冰心登上文坛以来，报刊上发表的对她的作品进行评论的文章，书名为《冰心论》，编者李希同。《冰心论》收入评论文章24篇：潘垂统《对于〈超人〉的批评》、佩衡《评冰心女士底三篇小说》、直民《读冰心底作品有感》、张友仁《读了冰心女士的〈离家的一年〉以后》、赤子《读冰心女士作品的感想》、式岑的《读〈最后的使者〉后之推测》、严敦易《对于〈寂寞〉的观察》、成仿吾《评冰心女士的〈超人〉》、周作人《冰心女士的〈繁

北新书局李希同编《冰心论》1932年7月初版

星〉》、赵景深《冰心的〈繁星〉》、陈西滢《冰心女士》、张若谷《冰心女士》、草川末雨《〈繁星〉和〈春水〉》、燕志俊《读〈春水〉》、毅真《闺秀派的作家——冰心女士》、张天翼《冰心》、沈从文《论冰心的创作》、赵真《冰心女士的〈繁星〉与〈春水〉》、张逸菲《〈往事〉与冰心女士》、黄英《谢冰心》、赵景深《冰心女士的〈南归〉》、贺玉波《歌颂母爱的冰心女士》、梁实秋《〈繁星〉与〈春水〉》、李素伯《冰心的〈寄小读者〉》。前有李希同写的序言,后有李希同的跋,这是第一本评论冰心作品的文章汇集,是极为珍贵的冰心研究资料。《冰心论》的封面设计很有意味,"一支钢笔,从笔尖流出大海,海水里有一位老母和几个小孩的头像——这表示了冰心的作品中最爱写的题材是海、母亲和小孩"。对于这个封面，北新书局的总编辑赵景深曾说，是出于他的"意匠"。（赵景深《三十年代的冰心》）

《冰心论》的编者李希同，为北新书局老板李小峰之妹，1930年嫁给丧偶的赵景深。有学者认为，李希同在文学史上留下的痕迹不多，据与北新书局交往密切的郁达夫之妻王映霞回忆，李希同在北新书局"专管钱财"，因此《冰心论》很可能是赵景深托名李希同编选的。《冰心全集》正在北新书局出版，总编辑以真实姓名出书为之造势，似乎有所不便，这恐怕也是《郁达夫论》《周作人论》都用化名的原因。即便《冰心论》确为李希同所编，作为北新书局总编辑和李希同丈夫的赵景深也一定出力甚多。（王学振《赵景深与冰心作品的传播、研究》）《冰心论》（1932年7月初版）与《冰心全集》同步出版发行，在一定程度上扩大了冰心的影响，促进了《冰心全集》的发行、传播。

30年代《冰心全集》的出版，在中国出版史上真是一件有意思的事情，原本为了防止盗版、以正视听，在无可奈何之中出版的全集，可能成为中国现代文学出版史中的第一部作家个人全集。对于这个全集版本，有研究者认为：这本书的版本意义在于，它是五四新文学的第一部在世作家的全集书。查1935年出版的《生活全国总书目》，截至编这本书目时，文学类的个人总集共有三种，除了《冰心全集》以外，一是苏曼殊的《曼殊全集》，另一种是蒋光慈的《光慈遗集》，后两位当时都已去世了。(宋庆生《民国时期书刊升值》)但这个结论不一定能够成立,因为自1928年始,北新书局开始出版《达夫全集》第一卷《寒灰集》,到1933年8月,已经出版到第七卷《断残集》,也许生活书店的全国总书目,截稿期为1932年底吧。

2022年11月24日星期四

四十年代的《冰心著作集》

上海北新书局的《冰心全集》,发行时间不长,前后五年。1937年全面抗战开始,北新书局业务停止,门市部房屋退租,所剩之书籍托由黎明书店代售,老板李小峰与太太蔡漱六去广州开办事处,编辑出版"抗战儿童文学丛书"。此时,完全顾不上支撑北新书局的老作者,《冰心全集》自然停止再版。

1938年夏,冰心自北平西行,先在云南昆明、呈贡落脚,1940年11月,应宋美龄之邀到了重庆,参加抗战工作。但冰心体弱,不能适应战时的生活节奏,同时为了躲避日机的轰炸,寻得歌乐山一处闲房,以6000元的价格购下。这一购房,使冰心一家颠沛流离的生活更显拮据。多年来,冰心以著作版税支撑家庭大部分开支,抗战之后,主要出版她著作的北新书局自身难保,冰心的版税几近无收。这年12月,中华全国文艺界抗敌协会假中法比瑞同学会举行茶话会,欢迎茅盾、冰心、巴金、徐迟等来渝作家。到会者有周恩来、郭沫若、老舍、吴文藻、田汉、张西曼、冯乃超等七十余人。大家互相恳谈，表示要为抗战胜利而奋斗。见面时，巴金问到冰心的身体健康情况，关心她的著作出版，冰心谈到北新书局停止了全集的再版，版税自然没有了，确实影响了家庭的生活，开支有些吃紧。1934年巴金与靳以在北平主办《文学季刊》时，经郑振铎介绍，专程到燕南园小楼拜访过冰心，请求赐稿，支持刊物。冰心对于这两个年轻人闯荡北平办刊，给予热情的支持，她的小说《冬儿姑娘》与《西风》分别发在《文学季刊》的创刊号与第三期上，从此他们之间建立了联系与友谊。冰心后来回忆说："那时我们都很年轻，我又比他们大几岁，便把他们当做小弟弟看待，谈起话来都很随便而自然。靳以很健谈，热情而活泼。巴金就比较沉默，腼腆而稍带些忧郁，那时我已经读到他的早期一些作品了，我深深地了解他。"（《他还在不停地写作》）因为有这个关系，冰心才会谈到生活、著作版税等。巴金知道情况后，认为，可以将北新版全集的版权收回，交给开明书店在内地出版发行，还是全集的体例，但可以换一个书名，并自告奋勇表示由他来重新编辑一下。就这么谈成了，冰心还说了一句，"这事情就托你去办吧"。

这里要说说开明书店的情况，据吴记贵在《民国出版史》（福建人民出版社2011年6月）介绍，在上海"八一三"炮火中，开明书店也惨遭劫难，资产损失80％以上。在极其困难的情况下，开明同人没有气馁，相信"出版之业，实未穷途"。1941年前后，范洗人、叶圣陶、章锡舟去内地寻求发展，先将开明总管理处设在桂林，然后立足于重庆分店，寻求复兴开明之路。也就是说，巴金承接了《冰心全集》的版权时，正是开明书店"立足重庆、复兴开明"之际。

那么，巴金说的重新编辑，发生了哪些变化呢？首先是小说集，北新版的全集编入的时间截至1931年，最后一篇是《分》。1932年到1940年的九年间，冰心创作的小说计有7篇，分别是《寻常百姓》《我们太太的客厅》《冬儿姑娘》《相片》《二老财》《胰皂泡》与《西风》。理论上说，7篇小说都可编入，并且《我们太太的客厅》反响挺大，但巴金仅编入两篇：《冬儿姑娘》与《西风》，就是发表在《文学季刊》上的那两篇小说，别的一概未编入，之前时间段的小说，凡冰心未编入全集中的，巴金也未加考虑。重编后的小说集，仅比"全集"的小说集，增加了两篇。诗更简单，保持原样，1932年到1940年这九年间，冰心创作的诗歌不多，但还是有《一句话》《呈贡简易师范学校校歌歌词》与《鸽子》，而后一首与当时抗战的情景与情绪极是一致，对抗战甚至有着象征意义，但巴金都未编入。散文呢，重编的色彩是最为浓重的。在《寄小读者》中，北新版的全集在"寄小读者""通讯"下，仅出二级目录一、二、三……而巴金重编时，将"通讯一"至"通讯二十九"以一级目录完整地标出，这种编排更符合作品发表时的原貌。同时，"山中杂感"在北新版中10个标题作为二级目录呈现，而巴金编入时，仅出现"山中杂感"目录，小标题仅在正文中体现。散文集中，巴金增加了两篇（部），一篇是《新年试笔》，一部是《平绥沿线旅行纪》，分量加大了不少，但九年间的散文《一日春光》《从昆明到重庆》《默庐试笔》等，也未编入。

在全部重编后，巴金将北新书局的《冰心全集》改为《冰心著作集》，作为单册则保留了北新版的独立性，也为《冰心小说集》《冰心诗集》《冰心散文集》，总冠在《冰心著作集》之下。同时，冰心为北新书局出版全集时写的自序，也一句未改排列在各集的目录前。冰心曾请求巴金再写一个序，巴金似乎觉得为冰心著作写序有些不妥，但他还是写了，只是将其作为后记编入。在完成重编之后，巴金将书稿交给了开明书局的叶圣陶先生。

也就在巴金重编之际，冰心有两封信商谈版税之事。一封信是谈授权与版税："上次说将我全集及其他作品交开明付印等等，请你就进行，要有合同。从前在北新，每月版税三百，希望不再少，最好能多，如今进行（物价贵了）。我在妇指会言明系义务性质，至且为期不过三月（每星期去一次）。物价贵了，有版税收入，可以仗仗腰子，原本《全集》是为北新而作（内有北新字样），重印当然可以。"（1940年12月20日）10天之后又一封信："谈到开明版税，随他一年分几次给，都行，还是依他们的惯例好。"冰心原来的意思是月结，但开明认为月结在战时有困难，提出分次给，冰心答应了，但无论是月结还是分次给，一个月300元，都不是一个小数目。我查看了一下版权页定价，小说集（三版）国币3.3元，诗集（三版）国币2.8元，散文集（再版）国币3.6元，如果也按照北新书局20%的版税计算，也就是说平均每月得销售150套，这在战时，对开明还是有一定压力的。但开明是心中有数的，民国二十二年（1933年）五月，开明继北新后，取得了《寄小读者》的版权，虽然北新书局发行了多年，且坊间盗版本也多，但开明《寄小读者》版次与印数都可观，他们认为，出版冰心的著作集，恰是"复光开明"的重要之举。随之，他们加大了宣传的力度，叶圣陶亲自执笔为著作集与三本分集写广告语：

《冰心著作集》：作者以诗人的眼光观看一切，又用诗的技巧驱遣文字。她的作品，无论诗，小说，还是散文，广义的说都是诗。二十多年以来，她一直拥有众多的读者。文评家论述我国现代文学，谁也得对她特加注意，作详尽的叙说。这原是她应享的荣誉。现在她把历年的作品整理一过，定个总名叫做《冰心著作集》，交由本店分册印行。

《冰心小说集》：作者的小说，文笔清新流利，词句优美动人，素为读者所称誉。本书包含短篇小说三十篇，每篇都能在平淡的故事里见出深致。卷首有作者的《自序》；书末有巴金的《后记》。

《冰心散文集》：收散文四十五篇。体裁虽是散文，骨子里全是诗，展读一过，是无上的享受。

《冰心诗集》：收新诗三十首，作者的诗以智慧和情感的球缀成，能引起读者内心的共鸣。（以上广告语，见之各集中的广告栏与宣传册页）

《冰心著作集》的三个分集，与北新版的《冰心全集》一样，均可单独发行，因而，每个分集的版次与印数不尽相同。小说集民国三十二年八月初版，至民国三十六年三版；诗集民国三十二年九月初版，民国三十六年十二月三版；散文集民国三十二年七月初版，民国三十六年九月三版。我所看到的最后一个版本是诗集，民国三十八年三月五版。也就是说，开明版的《冰心著作集》一直发行到1949年3月，中华人民共和国成立的前夕。

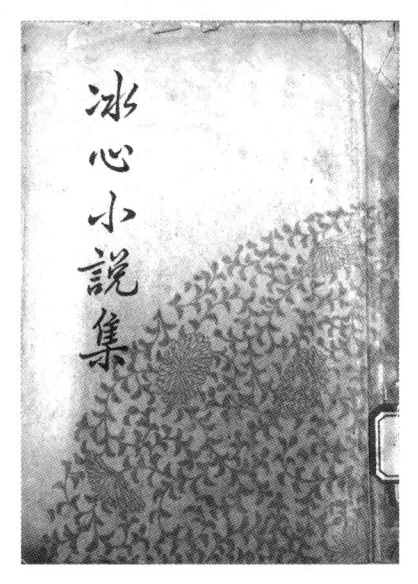

这一套著作集没有制作精装本，简装本的封面设计风格与北新版有相似之处，封面分别是"冰心小说集""冰心诗集""冰心散文集"，均为手写体，红色，竖排，醒目地置于左上，右下是装饰图，三本书的图案相同，菊花线条细纹，扇形平铺，颜色有变，小说集为橙黄、诗集墨绿、散文集淡黄，也许我看到的是旧版，小说集与散文集的颜色接近，

开明书店《冰心小说集》1947年10月三版

开明书店《冰心诗集》1947年12月三版

开明书店《冰心散文集》1949年2月七版

也恐有印刷时调色不到位。《冰心著作集》也就是以这三种色彩，走进新中国。此后，无论是北新的《冰心全集》还是开明的《冰心著作集》均无再版。

2023年3月17日星期五

三十年代的选本

冰心的作品集,除大量的单行本外,尚有不少的选本(不含单篇与多篇的选入本)。关于选本的情况,1994年3月我曾当面询问过冰心老人,她说,很多,但建国前(指1949年前),基本没有经过她的同意,有的她自己也没有见过,只有朋友向她索书时,才知道出了那么一本书。

我所见到的几个选本,《冰心佳作选》《冰心杰作选》《冰心创作小说选》等,均为二三十年代作品的选本。有的完整,有的无封面、版权页等,属于残本。

《冰心佳作选》,选编者巴雷、朱绍之,上海新象书店刊行,封面有人物头像,但不是冰心,短发、眼镜,冰心从未有这样的装扮。这个选本作为"当代创作文库"之一种,鲁迅、巴金、茅盾、老舍、郭沫若、张资平、郁达夫、叶绍钧、郑振铎、沈从文等为杰作选,丁玲、冰心、庐隐、谢冰莹、苏绿绮等为佳作选,表面看去,男性作家为"杰作",女性则用"佳作",可能在选编者看来还是有区别的，有他的标准。《冰心佳作选》选入的作品为：《超人》、《姑姑》、《第一次宴会》、《冬儿姑娘》、《烦闷》、《通讯七》、《通讯九》、《通讯十》、《倦旅》、《纸船》、《春水》（前15首）、《繁星》（前6首）、《晚祷》、《分》。目录按照小说、散文与诗歌的体裁排定，最后一篇《分》又是小说，不知何故。

上海新象书店版《冰心佳作选》

我所得到的《冰心佳作选》为民国三十六年（1947年）三月再版本。版权页上出版者、印刷者、发行者均为新象书店，地址为上海山东中路中保坊，代理发行所为大方书店，全国各大书局均有出售。1947年3月，冰心在日本，这一年虽曾回国，但不知是否见过此版本。

书前有《冰心小传》，言："她的文章，最初刊载在《小说月报》和北平《晨报副刊》，那时新文艺创作蓬勃开展，女作家的作品少有得见，她的作品，便震动了当时的读书界。""文学研究会初创时，她是一员健将，她的文章十分洗练美丽，因为她对于诗词的文法很有研究。足使那时读书界倾倒。她描写的大多是爱的歌颂和家庭生活的剪影，及孩童无邪心理的勾划，极能启发人类天性的觉悟。"小传最后写到冰心的近况："近年来她很沉默，八一三以后。她住在重庆，更少见她的新作品发表，据最近消息传来，她已逝世，假如为消息证实，确是中国文坛上一件重大的损失。"小传没有写作的时间款，我也未见到初版本，应该是1947年之后。将一个据传的虚假消息，放到介绍作者的小传中，似有些不甚严谨、严肃，亦如选编及编目的不严谨。

《冰心杰作选》为大公书局刊行，这个版本列为"现代文艺选辑"之一种，其他的选本为《鲁迅杰作选》《巴金杰作选》与《郭沫若杰作选》，封面设计上标明"中学生之课外优秀读物"。大公书局为上海的书局，但该套书均无版权页，也没有扉页，封面之后便是目录。目录分为散文与小说，第一编散文：《笑》、《梦》、《"无限之生"的界线》、《去国》、《超人》、《闲情》、《通讯一》、《通讯五》、《通讯七》、《通讯九》、《通讯十》、《通讯十四》、《通讯二十八》、《到青龙桥去》、《画——诗》。第二编小说：《第一次宴会》、《分》、《姑姑》（错为姑娘）、《冬儿姑娘》、《烦闷》。该书由于没

大公书局版《冰心杰作选》

有版权页，选编者、初版时间等均缺。但实际上，大公书局是有版权的，并且存在的时间还不短，该书局1915年便出版过九岁神童江希张著《四书白话解说》，一直到1947年7月仍在发行沪江图书公司的《初中升学指导》，从此书的版权页得知，大公书局地址为上海溧阳路昆明里六号，发行者计志中，主编者汪人杰。《冰心杰作选》未有版权页，可以肯定的是未得到授权，逃避版税也是肯定的。根据选编目录情况推断，此书的初版应该是1930年代，也就是与新象书店发行的时间基本持平。与这个版本相似的还有一个版本：《冰心杰作集》，上海大中华书局印行。封面有"现代文艺　优秀小品""中学生课外读物"的字样，封面设计以咖啡与淡黄为主调，有细暗纹，看出得是下了功夫的，但目前我看到的版本，无目录与版权页，推测应

上海大中华书局版《冰心杰作集》　　上海更新出版社版《冰心文选》

是三四十年代的盗版本。还有一个版本《冰心文选》，上海更新出版社印行，是为"现代小说文库第三辑"之一种，版权页有"选编者：何可人　校订者：徐逸如　总发行者：更新出版社　地址：上海海宁路宁安里"，但是没有出版时间。选入了《冰心全集自序》，也应该是三四十年代的版本。

以上4个版本以相同的时间段发生在上海，这与上海30年代出版繁荣、或曰出版乱象是有关的。据樊东伟先生在"知一山房"的公众号上推出的《上海近现代出版机构名录》考证：1843年上海开埠后，西方的印刷技术及文化思潮被引入了这个日趋繁荣的商业都市，开启了中国出版业的一段崭新历史。以成立于1843年的墨海书馆为起点，直至1949年新中国成立，在一个多世纪的岁月中，上海出现过大大小小难以计数的出版机构。以书局、书馆、书庄、书铺、印书馆、图书馆、出版社、出版公司为名，各种称谓的出版机构五花八门。而"关于这些出版机构的具体数量统计"则有不同，"老出版人朱联保先生在1991年出版的《近现代上海出版机构印象记》中，做过较为详尽的整理，该书总共出现了将近六百家出版机构"。到了2000年出版的《上海出版志》中，仅有不到三百家。而在2012年，上海人民出版社出版的陈昌文著《都市化进程中的上海出版业（1843—1949）》一书后则附有一张近千家的出版机构名单。但该文的作者樊东伟则说："近现代出版史上在上海出现过的出版机构数量，要远远超过以上各家的统计。编者经过十多年时间，以这一时期实际出版物的版权信息为基础资料，加以各种出版史参考书籍及工具书,搜集整理登记,目前得到的数量已将近一千六百家。"

如此可以推断,上海坊间发行冰心的著作集,远不止这几个选本。而《冰心创作小说选》因封面、封底与目录等均缺失,便不能断定它是不是上海的版本。从现在的版本中可以看出,该书的排版为连排,篇与篇之间不断码,一本书一口气排下。顺序为:(前三篇缺)《国旗》、《笑》、《是谁断送了你》、《寄小读者》(通讯之一)(为原著中的通讯二十五*)、《爱的实现》、(缺一篇)、《离家的一年》、《寄小读者》(通讯之一)(为原著中的通讯十九*)、《闲情》、《分》、《寄小读者》(通讯之一)(为原著中的通讯九*)、《寄小读者》(通讯之一)(为原著中的通讯十*)、《别后》、《说几句爱海的孩子气的话》(为原著中《山中杂记》之一篇*)、《好梦》、《悟》、《信誓》、《使命》、(缺二十二*)、《惆怅》、《乡愁》、《我再也不能承受这样的温存》、《向往》、《赴敌》、《繁星》(一至八),全书计170余页,总体篇幅比前几本都长。

《冰心创作小说选》残本

该书的选编比较混乱，书名为《冰心创作小说选》，但所选不仅是小说，散文与诗一并选入。作品的篇名也是随意加上去的，并不按发表时间顺序排列（截止也是1930年代），这是我看到的最杂乱的一个冰心选本。

＊为王炳根所加。

2023年5月24日星期三

十版足韵话女人

冰心的《关于女人》，从作品发表到出版，从1943年的初版到21世纪之初最后一版，都有话说，都有故事，且牵涉的人也不少，过程有些曲折，是冰心著作版本中的佼佼者。

一 始发以"男士"署名

1940年底，冰心应邀从昆明来到重庆，接任新生活运动妇女指导委员会文化事业组组长，甫到，报刊的编辑、记者便找上门来，不像在昆明，到了一年也没人注意到她，直到燕大学生杨刚在香港接掌了《大公报》文艺副刊之后，才催生了《默庐试笔》。重庆最早找上门来的是刘英士，吴文藻的清华同学，自然明白冰心的价值。那时，他在主持《星期评论》（重庆版），梁实秋以子佳的笔名，在刊物上开设专栏《雅舍小品》，颇得读者喜欢，所以也希望冰心在刊物上开专栏，栏目的名称由冰心自己设定，他只管发稿、送稿费。冰心本来有两个现成的栏目可写，就是她在《默庐试笔》中所说的："难道是没有题材？两年前国外的旅行，两年来国家的遭遇，朋友的遭遇，一身的遭遇，死生流转之中，几乎每一段见闻，每日每夜和不同的人物的谈话；船上，车上，在极喧嚣的旅舍驿站中，在极悄静的农舍草棚里，清幽月影下，黯淡的灯光中，茶余，酒后，新的脸，旧的脸，老年人，中年人，少年人，男人，女人的悲哀感慨，愤激和奋兴，静静听来，危涕断肠，惊心动魄，不必引伸，无须渲染，每一段，每一个，都是极精彩、极紧凑的每一个人格、每一个心性对这大时代的反应与呼叫！在这些人的自述和述事之中，再加以自己的经历和观察，都能极有条理有摆布的写出这全面抗战的洪涛怒吼的雷声。"在昆明时，她本欲动笔写出这一切，然而，因为搬家被迫中止，按说，她现在可以动笔写出这积压心头多时的一切，但激情后，重燃就难，两个重大题材都绕过去了，与梁实秋说的一样，"与抗战有关的"不会写，写点别的是否可以？刘英士自然欢迎，写什么都行，只要是冰心女士写的。但这一回，连"冰心"二字也不打算使用，以"男士"的名义专门谈"关于女人"如何？就用这个栏目"关于女人"。冰心告诉刘英士，女人的话题与男性的角度，一定会引起人们的兴趣，给紧张的战时生活平添一些谈趣。面对冰心这样有影响的作家，刘英士没有不同意的。商定之后，冰心便写了起来。

开始以对付的心态写了两篇：《我最尊敬和体贴她们》（《星

期评论》第 8 期，1941 年 1 月 5 日）；《我的择偶条件》（《星期评论》第 12 期，1941 年 2 月 21 日），两篇署名均为"男士"。作者像是在众人面前戏说，一种调侃、两分幽默、三成风趣，一改冰心以前的风格，似有一种忙乱中的洒脱与玩世不恭。作者在文章开头就把自己定位为男人，阐明以男人来写女人的理由："以一个男士而写关于女人的题目，似乎总觉得有些不太'那个'，人们会想'内容莫不是讥讽吧？''莫不是单恋吧？'仿佛女人的问题，只应该由女人来谈似的。其实，我以为女人的问题，应该是由男人来谈，因为男人在立场上，可以比较客观，男人的态度，可以比较客气。"主编刘英士在本期的《最后的补白》中，与冰心的文笔取一个腔调："'第二万万零一个'男士先生不知何许人也，谨烦代为调查，以便派侦探去观察他对女人如何体贴。据他文中自述，年近四十，尚未娶妻，我很替他担心，因为中国人口号称四万万，依着最简单的算法，女人缺少两个。"

　　冰心这一开写，颇是吸引了不少的读者。而这一写就写滑了手，随之一个一个地写起了身边的女人。"我"的母亲，"我"的老师，"我"的三个弟媳，"我"的奶妈，"我"的同班……都是与自己人生有关的女人，"我"与她们的故事，从城里的"嘉庐"写到歌乐山的"潜庐"，从早春写到寒冬……直到《星期评论》停刊，整整一年的时间，《关于女人》专栏共发表了 9 篇以男士署名的文章。除上述两篇之外，分别是：《我的母亲》（《星期评论》第 14 期，1941 年 3 月 7 日）；《我的教师》（《星期评论》第21期，1941年4月25日）；《叫我老头子的弟妇》（《星期评论》第29期，1941年6月20日）；《请我自己想法子的弟妇》（《星期评论》第30期，1941年6月27日）；《使我心疼头痛的弟妇》（《星期评论》第31期，1941年7月4日）；《我的奶娘》（《星期评论》第34期，1941年9月15日）；《我的同班》（《星期评论》第40期，1941年12月25日）。

二 《关于女人》第一版成书

就在冰心庆幸以"男士"笔名带来写作的自由时，还是被眼尖的文学研究会的同仁翰先（叶圣陶）先生识破，他在《国文杂志》第1卷第4、5期就选了《我的同班》作为范文进行讲解。以为此等干净之文字，只有冰心可以写得出来，并且从这些文字中发现了冰心的变化：

> 这回选读一篇散文，是从重庆一种叫做《星期评论》的杂志上选来的，那种杂志现在已经停刊了。作者"男士"在那里发表了十来篇散文，总标题是《关于女人》，每篇叙述他所亲近熟悉的一个女人。男士，当然是笔名，究竟是谁，无法考查。但据文坛消息家，说，作者便是大家熟悉的冰心女士。从题取笔名的心理着想，也许是真的。现在假定他真，那末，冰心女士的作风改变了，她已经舍弃她的柔细清丽，转向着苍劲朴茂。（《国文杂志》第1卷第4、

5期，1943年3月10日）

《星期评论》虽然停刊，但影响出去了，子佳的《雅舍小品》（10篇），男士的《关于女人》（9篇）都引起出版社的注意。1943年春天，重庆天地出版社托冰心的一位女学生向冰心交涉《关于女人》出版单行本事宜。七七卢沟桥事变后，冰心再也没有出版过新作的单行本，自然也就答应了。但已发表的9篇字数还是略显单薄，只好先把已发表的提交出版社，先排版，同时再补写几篇，以便让单行本显得更充实。1943年的夏天，在出版社不断催促下，冰心断断续续写出了《我的同学》《我的朋友的太太》《我的学生》《我的房东》《我的邻居》《张嫂》《我的朋友的母亲》共7篇。1943年8月30日，冰心为单行本《关于女人》写了后记。该后记很快就在《生活导报》第41期（1943年9月19日）刊出，提前预告了该书即将问世。《中央日报》1943年10月18日刊载了该书的出版预告："关于女人　男士著　月底出版"，并有如下广告语：

　　本书系名作者之杰作，描写女子心理，极为透彻。作者自称系第二万万零一个男子，文章流畅隽永，作者是谁，一读便知。

初版本《关于女人》收文15篇（提交给出版社时《我的朋友的母亲》并未收入）。书前有"抄书代序"，抄录了《红楼梦》

中的一段话；书后有后记，有一段关于女人的话，成为经典名句："世界若没有女人，真不知这世界要变成怎么样子！我所能想象得到的是：世界上若没有女人，这世界至少要失去十分之五的'真'、十分之六的'善'、十分之七的'美'。"

天地出版社为了扩大该书的销路，在《大公报》重庆版（1943年12月16日）、桂林版（1943年12月31日）都刊登了广告（内容大体相同）。与预告相比，信息显然更丰富：

天地出版社署名男士著版

  关于女人　男士著　安图字五四〇号
  这是二万万零一个男子中最体贴女性者的精心之作。全书写了十三个女人，把母亲喜欢头生的是姑娘，奶妈善良的看管小主人，少女对婚姻羞答的态度，女同学间亲热得可以割头换颈，交际花逢场作戏，以及乡下女子把青春让劳作洗刷干净等，描述细腻，并谈到女子美与德的问题。以及女人对婚姻家庭和男人的看法，文笔生动，逸趣横生。中正纸精印，每本五十元，熟料纸每本四十元。

几乎与该书单行本推出的同时,《妇女新运》第5卷第10期(1943年10月)在《书报介绍》栏目中率先对该书加以评价:"作者说出了他对女人的见解,并用他优美的文笔描述了十三位令人敬爱的女性","虽然都很平凡,在我们的生活中也常会遇到,但她们却表现了女性的'真''善''美'"。同时,《时事新报》(1943年12月29日)又刊出了唐风的《介绍〈关于女人〉》,认为:"本书内容,像是把作者的感情装入笔管里流出来的,潇洒、流畅,又有趣、活泼,细致也动人。和作者过去的作风,有点两样。"

对于书的销售,冰心自己也说:

  国内各报的"文坛消息"上,都在鼓吹着"关于女人,销路极畅",而在美国的女朋友,向我索书的时候,还摘录美国的文艺杂志,称誉《关于女人》为:"The Best Seller in Chungking."(《关于女人》再版自序)

三 书的销售与官司

《关于女人》的出版宣传与销售,在一段时间里闹得沸沸扬扬,但冰心本人对这个版本却是很不满意。首先是,冰心提供的书稿,先后计16篇,但出版社只排出15篇,最后一篇《我的朋友的母亲》未排入，这在当时的出版中是少有的事情，他们甚至没有告知作者原因，更没有道歉。其次令冰心生气与尴尬的是，书中排版时讹误甚多，她后来在开明本的"再版自序"中说："错字太多了，而且错得使人啼笑皆非！例如'喜欢过许多女人'变成'孝敬过许多女人'。'男人在共营生活上……是更偷懒'，变成'……是更愉快'，至于'我'变成'你'，'你'变成'他'，更是指不胜屈。"如此低级的错误，也是令冰心没有想到的，以致不好意思将书送人。

弥补的办法，当然就是尽快再版。以往冰心的书再版都很快，《关于女人》在《星期评论》发表时就引起很大的反响，结集出版必也会有较快的市场反应，因而与天地出版社签订的出版合同有如下内容：第一版五千册归天地出版社，以后再版三版，归作者所有。单行本署名仍为"男士"。就是这个五千册的硬性要求，给出版社找到了难以再版的理由，尽管冰心希望该书能尽快再版，并借再版之机把这些错误改正过来，但出版社借口初版未销完，一再拖延。"写信到天地社去问，回信说那'初版'五千册，除了雨渍鼠咬之外，还有一二百本没有售出，最后他们引咎自己的'推销不力'，向我道歉。"

如果你未私自加印，五千本印数仅一两百本未售出，这完全算不得什么理由呀，但就这么僵持下来了。就在冰心自己"觉得很惭愧，没有话说"之时，1944年9月，叶圣陶从成都来到重庆，处理开明书店搬迁事宜。冰心闻讯后，前往探望，不巧叶圣陶外出，没有见到，只留下一张纸条。叶圣陶回来后，得知冰心在重庆参加国民参政会，住在"嘉庐"，于是前往回访。冰心这次谈起天地出版社刊行的《关于女人》错误太多，又一再拖延再版，想把这本书的改正稿交给开明书店重新出版，署"冰心"名。叶圣陶很乐意地答应了。10月13日冰心应燕京大学之邀前往成都，又与叶圣陶会晤，"与谈其著作之版权问题，并约定其《关于女人》一书，决校正后交我店重出"。(《叶圣陶抗战时期文集》第三卷)

此事尚在办理过程中，抗战胜利了，天地出版社竟然未经作者同意在上海重印再版《关于女人》。并且很快就推出了《关于女人》广告：

关于女人　男士著　定价一百五十元
本书作者以轻松笔调刻画其周围十三女性的不同风格，情趣横生，各极其妙，凡欲研究女人个性者，阅本书后可获不少宝贵资料。(上海《立报》1945年10月23日)

当时冰心尚在重庆，得知此事后，很是生气。广告刊出后的第二天，吴文藻拜访叶圣陶，告知《关于女人》版权被天地出版社侵害事，"嘱我店为之处理。因代冰心作书致天地社，如其不理，则登报警，且将广告辞拟就"。11月2日，叶圣陶为冰心《关于女人》版权事，又代写一信（转引自熊飞宇编著《重庆时期冰心的创作与活动研究》）。于是，便有了对出版社进行公开警告。《大公报》（上海版，1945年11月29日）、《申报》（1945年11月30日）连续刊载了冰心女士委托律师刊登的启事：

> 朱承勋律师代表谢冰心女士为《关于女人》版权警告天地出版社启事：
> 兹据谢冰心女士代表人委称：本人所著《关于女人》一书（笔名男士）曾委托重庆天地出版社印行初版，嗣因种种未能满意，即通知该社停印并与负责人凌遇选君切实商定，由天地社即日将该书版权交还本人，该社不得再印。所存本书初版数量应即查报并将纸型截角交出，均经凌君当面允诺。因将该书重行修改增订，改委开明书店出版。讵该社对于前项诺言迄未履行，经迭次去函催告，该社非特并不照行，更在上海印行沪版登报发售。本月二十三日又委贵律师去函交涉仍置若罔闻，并为特委请代表警告。限于即日起停售该项书籍，并于三日内速照前约履行，否则即当依法诉究，等语前来，合代启事如上。
> 民国卅四年十一月廿九日　事务所　九江路大陆707号　电话19157

在这种情况下，经人调解，天地出版社才将几副纸型交由冰心，并将未发出之《关于女人》如数缴出。

四 开明版的《关于女人》

在处理清楚与天地出版社的版权纠纷后，1945年11月，开明书店推出了《关于女人》的增订本，纳入"开明文学新刊"丛书，署名为"冰心"。开明本在初版的基础上增加了《我的朋友的母亲》一篇，共16篇，描写了14位女性，并且增加了"再版自序"，说明自己从天地出版社收回版权，交由开明书店出版增订本的

开明书店署名冰心著版

缘由。叶圣陶为该书撰写了广告，对该书的文学手法、文学特色乃至思想特色都进行了简略的概括：

> 本书是著者用了"男士"这笔名所写的散文。最近又加以增订，视初版已经大不相同。本书自从发表以后，曾轰动文坛，莫不称为名著。良以作者观察锐利，文笔简美，把女人的一切，加意刻画，描绘成一幅幅精细的素描画。著者自己说："写了十四个女人的事，连带着也呈露了我的

一生，我这一生只是一片淡薄的云，烘托着这一天的晶莹的月！"凡是爱好文艺的和关心"女人问题"的，都应该一读本书。

我看到的开明版的封面书名，"关于女人"用的是冰心的手书，版权页：民国三十四年十一月开明初版，民国三十五年十月开明三版，每册定价国币一元五角，著作者冰心，发行者开明书店，代表人范洗人，印刷者开明书店。

细心的读者对《关于女人》的两个版本进行对照，不仅是封面设计不同、篇目变动，"文字内容进行了不少修改，除了对印刷时产生的手民之误进行改正外，冰心还对部分语句进行了润色，使句子的表达更通顺流畅。如在《我的教师》中，初版本为'母亲往往叫人送香清葫芦'，开明本改为'母亲往往叫人送冰糖葫芦'。把'香清葫芦'改为'冰糖葫芦'，明白多了。在《我的教师》中，初版本为'她就温柔软款的坐下'，到了天地再版本变成'温柔软和'，开明本又改为'她就软款温柔的坐下'，体现了作者在语言上反复斟酌。"该文还说："1949年3月，开明本印至第七版，总印数应该有一万五千册以上。开明本应该是冰心最满意的版本，也是传播最广的版本。"（黄霨瑶《冰心〈关于女人〉的写作及出版纠纷》）

五 宁夏版的《关于女人》

1951年底,冰心从日本归来之后,《关于女人》没有再版,直到1980年初,远在宁夏人民出版社的巴金幼弟李采臣想起了这本书。但李采臣刚刚从下放劳动的地方回到银川,不知道冰心的地址,于是让出版社托人联系到了冰心,向其索稿。冰心说:"我无以应命,只好以久已绝版的《关于女人》送给他们。"也就是说,冰心与李采臣都想到《关于女人》这本书,李采臣曾很长一段时间在上海、宁夏出版部门工作,对出版业很熟悉,自然对《关于女人》是喜爱的,但就是这本大家都喜爱的书,连作者冰心手上也没有。"一九六六年九月初,我写的几本书都让红卫兵拿去'审查',至今没有下落!"还好,巴金在上海的旧书摊上寻得了这本书,并将其送给冰心,"我对这本书有点偏爱,没事就翻来看看,不但是要和书中的我所喜爱的人物晤面"。冰心在得到李采臣的约稿后,便将这本书交与出版社,冰心说,再版的《关于女人》通过巴金交给开明书店,宁夏版的《关于女人》,又交到了"巴金的弟弟采臣同志"手中,这中间似乎真有一种缘分。"这就好像一个孩子,背着大人做了一件利己而不损人的淘气事儿,自己虽然很高兴,很痛快,但也只能对最知心的好朋友,悄悄地说说!"(《关于女人》后记)

宁夏版《关于女人》的十六篇文章与后记,完全按照开明版的顺序排列,只不过文字由竖排改为横排,繁体改为简体,

关于女人 冰心

宁夏人民出版社 1980 年版

不料生下我来，又是一个儿子。在合家欢腾之中，母亲只是默然的躺在床上。

周思聪的插图

重要的变化是，增加了周思聪的插图，计有6幅，分别插入《我的母亲》《我的老师》《我的奶娘》《我的学生》《我的邻居》《张嫂》之中，插图下方配一段文中的精彩文字，艺术性极高。封面与天地版、开明版都不一样，一幅少女的头像与黑发占据封面，"关于女人"用套红黑体字体，作者"冰心"是为娟秀的楷体。扉页有二，一为1980年冰心近照，一为赵朴初的手书："示现善男子，讴歌善女人，荒山呈玉骨，大宅见冰心，能会琴中趣，难分月与云，爱而能不恋，低首礼观音。"款道："冰心大姊以三十六年前用'男士'笔名所作'关于女人'一书见示，并告以当时卖文之缘由，读后戏作此诗奉赠，藉呈所得示审，高明以为何如 一九七八年秋 朴初"

  初版与再版的序均列于前，冰心专门写了《关于女人》"三版自序"，除说明这个版本的来由之外，还有一段有趣的回忆："我写这本书的来由，很有意思：一来我那时——一九四〇——一九四三年——经济上的确有些困难，有卖稿的必要（我们就是拿《关于女人》的第一篇稿酬，在重庆市上'三六九'点心店吃的一九四〇年的年夜饭的）。二来，这几篇东西不是用'冰心'的笔名来写，我可以'不负责任'，开点玩笑时也可以自由一些。"这些话大概也与赵朴初说过，故其诗跋中有"告以当时卖文之缘由"语。

  宁夏版《关于女人》1980年12月第1版，印数60,001；1982年6月第二次印刷，60,001—97,000，也就是说，这版发行了近10万册，定价0.52元，一个西部偏远地区的省级出版社,能发行到这个数字的文学书籍,恐怕不是很多吧。

宁夏人民出版社1999年版

六 台湾版的《关于女人》

在重庆写作的《关于女人》,于民国文化中,有很深的记忆。大概在1989年前后,台湾也出版了该书。我没有看过这个版本,只见到冰心为台湾版的《关于女人》写的序。

丹扉女士要在台湾出版我的那本以"男士"为笔名写的《关于女人》。但是那本书实在太薄了,只好将我几十年来写的有关于女人的文章来凑数。希望台湾的读者们能够欣赏数居炎黄子孙一半的中国女人是多么可敬可爱!

冰　心
1989年1月30日于北京

由于没有见到书的真容，所以不知道增加了哪些"关于女人的文章"。如今台海的图书往来极不容易，本可以通过台湾朋友在旧书市场寻觅，但纵是寻到了，恐怕一时也过不了海峡，奈何！

七　日文版的《关于女人》

冰心的作品在日本多有译本，但大多为选本，完整的译本，当是《关于女人》，译者是竹内实先生。竹内实出生于山东，是著名的汉学家，也是中日友好人士。冰心在东京大学讲中国文学时，竹内实曾听过课，故以学生相称，与冰心多有往来。翻译《关于女人》之前，竹内实与冰心有过面谈，了解过书的背景、写作情景与出版过程。1991年9月14日，是个雨天，下午两点半，竹内实与川西重忠又一次来到中央民族学院冰心的住宅，专门询问了《关于女人》里的许多事情，准备译成日文。一年之后，也是秋天，译稿完成，打算交由《朝日新闻》社出版。冰心旅日时，曾与该社有交道，有一种信任关系，遂同意了。又是一年之后，即1993年8月29日，冰心在日记中记载："下午，竹内实等六人来，送来他译的《关于女人》稿费日元66万，还有许多笔、香菇、糖、豆付[腐]皮，还有硬笔等，我为6位日本朋友（二女）签了字（他们先吃了绿豆汤），照了相走了。……日译《关于女人》，我给三对孩子和大姐各一本。"（王炳根编《冰心日记》）

日本《朝日新闻》社1993年9月版

竹内实也曾送笔者一册日文版的《关于女人》。封面设计极是雅致，粉彩的封面由冰心吴文藻在未名湖畔的一张照片演绎而来，湖畔的阶石上，是面对湖水并肩而坐的一男一女的背影，湖水的波纹延伸至封底，日文的书名压在远岸与波纹之上，竖列的字是：谢冰心（未有"著"字）竹内实译，版权页是日本《朝日新闻》社出版，时间为1993年9月25日。

1994年4月，竹内实曾致信于我，言："我从去年九月以来，住在北京，我的任期是明年4月为止。以后贵刊惠到北京就是了。因为杂事匆忙，没能及时告诉您现在的地址，我去年十月中旬到北京医院看冰心老师了。她精神很好！我写了一篇短文发表在日本的报纸上。您如果需要可以送。（或翻成中文以后寄可好？）"那时，他在北京大学做访问学者。2005年我在关西大学做访问学者时，由萩野修二先生安排，我与竹内实先生在京都一家咖啡厅见面叙谈、聚餐。

1999年3月，竹内实先生得知冰心逝世，发来唁电："听到冰心老师逝世深为悲痛。老师曾经在日本东京大学讲授中国文学时，我是学生，老师以言教身教影响当时的日本学生。我前几年译出《关于女人》，老师以文教本，给日本读者启示纯洁高尚的精神世界，好像繁星似的中国文坛中，老师是一颗明星，放出永远不灭的光芒。"（王炳根编著《冰心年谱长编》）

八　开明出版社的《关于女人》

开明出版社与开明书店不是同一个概念，虽然有叶圣陶这一条线的联系，但一个是民国私营的出书机构，一个是民进中央主办的出版社，且是1988年登记注册的。开明出版社于1992年出版了一套"开明文库"，第一辑计有《速写与随笔》《未厌居习作》《杂拌儿》《山中杂记》《看云集》《背影》《平屋杂文》《湘行散记》《缘缘堂随笔》，《关于女人》自然在列。

开明出版社的《关于女人》，与开明版的《关于女人》，可说是同一版本，内容相同，只是排版由竖排改为横排，繁体字改为简体,其他一字不改。封面设计则另起炉灶:一片红叶,醒目地落在沙地上,"关于女人"的书名,用了重磅的宋体,"冰心著"三字右下方黑体印刷。封底是有意味的,竟然用了开明书店的徽标,反正此时已无人追责了,却是在这本重版的书上,刻上了一道历史的印记。

开明出版社版1992年12月第1版

九 人文版的《关于女人和男人》

人民文学出版社的《关于女人和男人》,既中止了《关于女人》的版本,也扩展了这个版本。扩展后的版本容量极大,分为上卷与下卷,上卷收入开明版《关于女人》所有的16篇文章,同时,收入冰心各个时期发表的以女人为题材的作品,比如《南归》《二老财》《忆意娜》《痛悼邓颖超》等27篇。下卷为描写男人的文章，包括《我的父亲》《我的老伴——吴文藻》《悼念孙立人将军》《回忆中的胡适》等62篇。1988年2月，人民文学出版社出版了冰心的《关于男人》一书，收入文章31篇，第一次印刷达30,150本。冰心在序言中说："舒济同志要把我正在写的《关于男人》编成集子，交人民文学出版社出版。我认为篇幅太少了，因为截到现在为止，我只写了几位我

人民文学出版社版

的亲长、老师和几个弟弟。她说：'您的其他集子里还有许多关于男人的文章，也可以收进这本集子里。'我打开我的几本选集一看，里面有记述我所敬佩的萨镇冰将军、叶圣陶老人，还有追悼毛主席、周总理、廖公和悼念我的朋友：老舍、靳以、郑振铎、罗莘田、郭公、茅公、张天翼、李季……甚至只有一面之缘的面人郎、和十三陵水库的饲养员张新奎，和'小男人'——'十三陵工地上的小五虎'等等。"并说："'我这一辈子接触过的可敬可爱的男人的数目，远在可敬可爱的女子之上。'我自伤腿后，成了废人，八十七岁的人，恐怕也'行将就火'，我想只要我在世一日，只要有闲空，我还要将《关于男

人》继续写下去！"一年之后，《关于男人》再版，冰心在再版的序言中，心情却有了变化："《关于男人》再版时，由我的二女婿陈恕加上我历年来写的有关男人的文章，交给舒济同志，其中人物都是我所敬爱的男人。以前我写的都是追念已故的人物，以后我将不再这样写了，因为我已活到八十八岁，自己行将就'火'了，此后我要写的就是现在还活着的，我所敬爱的人，已写出的就是巴金！"《关于女人和男人》的下卷，是在《关于男人》这本书的基础上拓展开来，收入描写关于活着的男人的故事。如此，上下卷合起来，形成了一本完整的《关于女人和男人》的著作，表达了冰心一生对女人和对男人完整的观念。这是人民文学出版社和老舍的女儿舒济做的一件好事。

冰心为这本书写了序：

人民文学出版社要把我的《关于男人》和《关于女人》合编成一本书，要我写个简介。

《关于女人》是我1943年在重庆，用"男士"的笔名写来骗些稿费的，可是里面的人物都是有"模特儿"的。后来巴金拿去在上海开明书店再版时，我在后面又加上几篇悼念几位女朋友的文章。

《关于男人》是1987年在北京开始写的，也是这种题材。我现在还不断在写，有男人也有女人。

这两本书记载了几十年来我的人际关系中的悲欢离合，死生流转，我一般不愿意再去翻看，因为每次开卷都有我所敬爱眷恋的每一个人的声音笑貌,栩栩地涌现在我的眼前,使得我心魂悸动!

这次我让我的二女婿陈恕来做这个工作,并让他在我的或别的作家文集中,找出我写的一些人物,都放在这个集子里面,我只写了这本书名《关于女人和男人》。

人文版的《关于女人和男人》做得很精致,封面上渐变式的桃红与深蓝,暗喻着女人与男人交融的世界,书名用了冰心的手书,似一幅装裱别致的书法作品,"冰心著"列于右上方。书内用了8个彩页,分别是冰心不同时期与书中的女人与男人的合影。同时,用了赵朴初为三版《关于女人》的题诗。

人民文学出版社版

《关于女人和男人》版权页标注:1993年4月第1版,第1次印刷,印数:0,001—8,230,但我得到的冰心签名本的落款时间为1992.12.22,也就是在出版前四个月得到的。个中原因是:1992年12月24日,冰心研究会在福州成立,在成立大会上,我希望有冰心的新著赠送给与会者,冰心的女婿陈恕教授便想到这本,让出版社赶印，提前装订200本，并请冰心以抬头款签名30本，送给各位受赠者，包括时任省委书记陈光毅、老作家马宁、郭风等，其他的也钤上了"冰心研究会成立大会纪念"的篆刻印章，成为最美好的回忆。

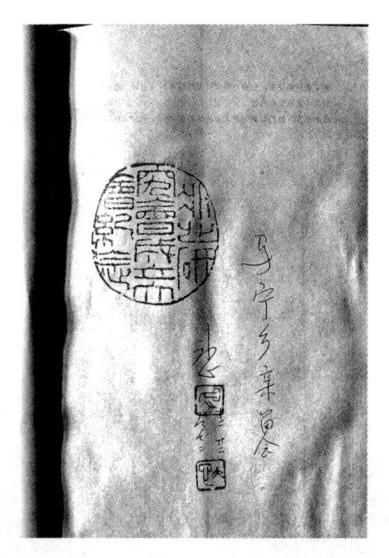

人民文学出版社《关于女人和男人》签名纪念本

十 香港版的《关于女人和男人》

人民文学出版社出版了《关于女人和男人》，香港的勤＋缘出版社紧随其后，推出香港版。这个出版社与香港富商黄宜弘的太太、财经女作家梁凤仪有关。梁和舒乙先生熟悉，托请冰心写序：

我的二女婿陈恕编的《关于女人和男人》要在香港勤+缘出版社出版，梁凤仪女士让我作序。这书是记载了几十年来我的人际关系的许多事情，因为香港印刷纸厚、字大，因此把它分成《关于女人》和《关于男人》两卷，兹记之如上。

香港高原出版社版　　香港万通书店版

也就是说，这本书在香港成了两本书，上、下卷各一册。纸厚是真的，字大未必，因由简体改为繁体，字显得大，主要是开本与竖排的原因，这家出版社的书，开本很有特色，均采用小32开，如口袋书，携带方便，加之竖排，每页的容量都有限，不分为两册，恐难装订，太厚，也不易携带。

香港版的《关于女人》由香港勤+缘出版社于1993年2月出版，《关于男人》则于1993年3月出版。

十一　广西师大版《关于女人和男人》

2002年1月，广西师范大学出版社再推出一个《关于女人和男人》的版本，书前有一个"出版说明"：

> 《关于女人》是冰心老人几十年前写的，已经再版多次了，《关于男人》是她从1987年开始写的。人民文学出版社在1993年将此二者合编为《关于女人和男人》一书出版，现在，广西师范大学出版社经过重新编辑整理出版此书，并以此纪念冰心老人和她笔下所有男人和女人。

所谓"重新编辑整理"，这个变化还是比较大的。上卷中的《成功的花——给中国国家女排球队员的一封信》《一代的崇高女性——纪念吴贻芳先生》做了排列位置的调整。下卷中调整得多，将《关于男人》一书的内容调整于后，将《忆许地山先生》撤下了，其他篇目调整也多，几乎是重编了。同时增加了吴青写的《送别妈妈冰心》，陈钢写的《落霞——忆外祖母冰心》。

最后有陈恕写的重编后记：

> 《关于女人和男人》首先是1993年由人民文学出版社用简体中文出版的。冰心先生在1992年为书写了序。1993

年香港勤+缘出版社要在香港用繁体中文重版……最近广西师范大学出版社向我建议由他们重版这本书，我欣然同意了。冰心先生1999年2月逝世，至今已两年，现在重版她的这本书，是我们对她最好的纪念。

广西师范大学出版社版

广西师大版《关于女人和男人》，封面设计很现代，一个高挑虚幻的大女人、一个敦实黑影的小男人，女人与男人均为剪影，右边是代表文字的小灰块，"关于女人和男人"的中英文，坐实在灰块之上。只有"冰心"二字，用了玫瑰红。版权页上的印数：0001—7500。这个版本，曾作为冰心文学馆开馆五周年纪念活动的纪念品，扉页有陈行先生专门设计的《冰心和她

广西师范大学出版社版《关于女人和男人》纪念页

的猫》藏书票，钤有"冰心文学馆1997—2022 8.25"的电子印章。对得书者来说，也是最美好的记忆！

2023年6月30日星期五

第一个译作《漱玉词》

　　五四新文化运动中,冰心仅是一名大学生,还算不上学者,但对"文学批评""文学复古""新诗的将来"等论题发表了她的主张与观念,尤其对于翻译,尽管并无翻译的经历,但也有很精到的见解。早在1920年发表《译书之我见》时,她便提出翻译三原则——"顺""真""美"。她说:"既然翻译出来了,最好能使它通俗……不通俗就会导致不明了,不流畅,这样会打断阅者的兴头和锐气。"所以她把"顺"摆在了第一位。此外,她还认为,翻译时要避免过多地参入己意,要准确地传达原文的内容及艺术境界。同时,她也意识到了翻译需要"美",如何使译文变为"美文",这就要求译者在文学上要有较好的修养。冰心提出翻译的"顺""真""美",与严复的"信""达""雅",林语堂的"忠实""通顺""美"等观念,基本是相通的。

　　冰心是先有了翻译的理念,才有了翻译的作品,也就是她的翻译是在其翻译理念的指导下进行的。这是她与其他作家、译家所不同的。

　　冰心最早的翻译，是中译英，她在美国留学的硕士论文是《李易安词的翻译》。李清照（易安）是中国唐宋以来最伟大的女词人，生于名门死于乱世，她与丈夫赵明诚的故事脍炙人口，既是"人比黄花瘦"的婉约派代表，又有"生当作人杰，死亦为鬼雄"的豪放杰作。中国诗词的英译难度极大，既有用典、象征、比兴，又有韵律、节拍与词牌的限制等，译不好便会韵味全无，甚至不知所云，而选择李清照可说是难上加难了。尤其是那时，英译李清照的参考文本找也找不到。冰心留学的威尔斯利女子学院图书馆一本没有，哈佛燕京学社中文图书馆建立之前，哈佛大学的怀得纳（WIDENER）图书馆中文藏书最多，冰心便去那儿查找资料。但那时的哈佛大学不允许外校的女生自由进出图书馆，冰心只得求助在此留学的福建同乡陈岱孙。那时陈岱孙是研究生，哈佛对研究生格外优待，不仅可以借书，还可以持证自由进入书库，书库设有专门为研究生写论文准备好的小桌，研究生可以根据自己的需要到书架上找书，用过后由馆内工作人员放回原处。陈岱孙有一个摆有书桌的研究小隔间，他就悄悄地把冰心带到这里，用自己的证件，拿着冰心需要的书目，进入书库。冰心在那间小隔间里静静地等候，陈岱孙一本一本地取出来，冰心便飞快地看，做笔记，来不及摘抄的便带回威校，下次归还。

　　虽说李易安的词在中国享有盛名，但在欧美几乎无人知晓，冰心苦苦找寻，最后也只找到三人翻译她的词，却又不是英语，而是法语。一个是朱迪思·高迪尔夫人,她翻译了《漱玉词》中的几首词,同一本书中,一个叫乔治·苏里·戴英杭的,翻译了7首易安词。1923年法国巴黎出版的《宋词选》,有利·德·莫兰对李清照词的翻译。但是这些翻译,很难传达李易安词的意境与文字的隽永和谐,与中文相距甚远。连译者苏里·戴英杭也承认,"难得几乎无法翻译"。在哈佛大学图书馆中,冰心倒是找到了一些中文图书,包括她所要用的翻译蓝本、王鹏运选编的李清照《漱玉词》(1881年北京初版),《宋史》,还有《小说月报》上连载的郑振铎《文学大纲》等。

在完全没有文本参考的情况下,进行李易安词的翻译,首次向英语世界的读者介绍一位中国古代的女词人,这是要有很大勇气的。冰心的英国文学导师罗拉·希伯·露蜜斯博士问她为何作此选择,冰心的回答是,李清照是中国12世纪最有才华的女诗人,她是一位真正的天才,直到20世纪的中国尚找不出一个人可与她媲美,但是,中国文学史上很少提及女诗人,这不平等。冰心进入实际的翻译前,确立了一些原则,这些原则使她在翻译中减少了一些困难,那就是放弃易安词的韵或节拍。词可吟诵,吟诵时有伴乐,翻译时不可能保持中文吟诵时的伴乐,译作也不可能成为有伴乐的诗歌。因此,她认为,"在翻译中看来可以做到的,而且希望能够做到的是要逐字精确地翻译。要保持原诗中经常引喻的古代人名和风俗习惯的风韵,尽量保持词的情态……"最终呈现的是根据原词译成的"长短不一的英文格律诗"。

"逐字精确地翻译""保持词的情态""英文格律诗"这三点，成为冰心对李易安词翻译的三原则，这与她在尚未进入翻译实践时所主张的"顺""真""美"是一致的。冰心选择了《漱玉词》中的25首词进行翻译，每天有时间便一字一句地翻译、斟酌，对于前两项原则她觉得自己可以把握，但对翻译成完整的英文格律诗，常常把握不准。冰心对英语的词汇、语感与发音，都达到了很高的水平，且对英语诗的研究是她的专业，但她毕竟没有以英语的思维方式写过英语诗，在这一点上，她的导师露蜜斯博士起到了重要的作用，给她以得力的指导。用冰心的话说，"她（指露蜜斯）以自己的想象力和诗的智慧帮助笔者把这些中国词译成了英语"。（以上均引自冰心《李易安词的翻译》）

冰心与露蜜斯博士合作得很好，很多时间她们在一起喝中国茶或咖啡，然后慢慢地品味李易安，再在想象中将其转化成英文格律诗。当她们对一首词烂熟于心后，才开始在纸头上用钢笔写下来，然后再推敲再斟酌。冰心回到宿舍后，再细细地品味，直到满意，便用英文打字机敲打出来，送给露蜜斯博士批阅。全部的翻译都是这样完成的，做得很投入，翻译得很精确，在英文的语境中传达出了中国古典诗词的韵味。

就是这部最初的中译英的翻译，却一直躺在威尔斯利女子学院图书馆里，直到八十年代，冰心的大女儿吴冰访问时，才将论文《李易安词的翻译》带回国内，并且将它翻译出来，收入《冰心全集》，但是，冰心中译英的《漱玉词》却未收入，只

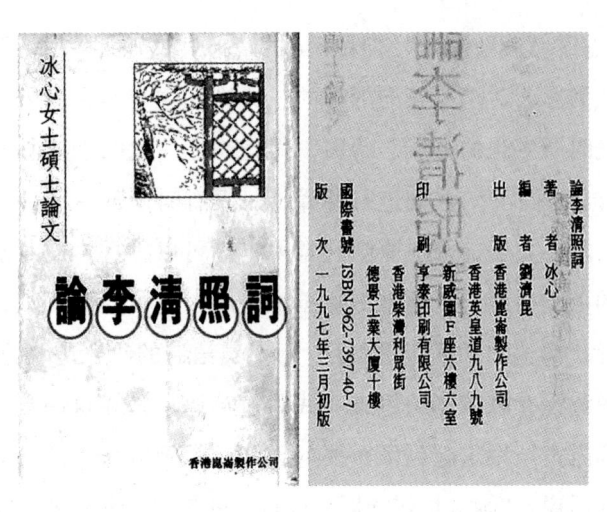

香港崑仑制作公司《论李清照词》1997年3月初版

有李清照的原词，这样就将冰心的译作遗漏了。1997年香港昆仑制作公司以《冰心女士硕士论文：论李清照词》之名出版。我后来多次访问威校，将沉睡在图书馆的译稿拍照复制，将其带回国内。2006年，我将冰心翻译的《漱玉词》英文文本，作为译作的佚文，收入人民文学出版社出版的《我自己走过的路》（冰心佚文集）中，使其第一次完整与读者见面。

《漱玉词》的英译文本收入人民文学出版社2007年6月出版的《我自己走过的路》（王炳根选编）

《我自己走过的路》收入《漱玉词》编者语

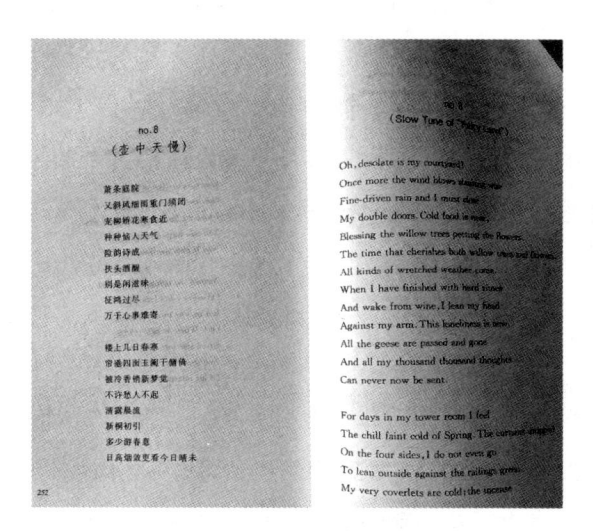

《我自己走过的路》收入《漱玉词》英中文本

《先知》的译本与插图

冰心自五四运动登上文坛之后,在此后长达70余年的创作中,几乎是著译并行。1986年海峡文艺出版的两卷本的《冰心著译选集》便显了这个特点。

冰心的第一个英译汉的译本,是纪伯伦的散文诗《先知》。而这部译著的初版、再版与获得荣誉,伴随了她的人生近70年。梳理这个译著版本的全过程,很有一些文化意味。

一 刊载版

凯罗·纪伯伦(Kahlil Gibran)的《先知》,是冰心最早的英译汉的作品。《先知》原著为纽约克那夫书店出版的一部散文诗,计有28章,冰心翻译了其中的13章刊登在1930年4月和5月的天津《益世报》副刊上。这13章是:《船的来临》《论爱》《论婚姻》《论孩子》《论施与》《论饮食》《论工作》《论喜乐与悲哀》《论居室》《论衣服》《论买与卖》《论罪与罚》《论法律》。在刊出散文诗之前,冰心写有前言,向读者交代了《先知》版本的来历及翻译的缘由:

> Kahlil Gibran 据说是犹太人,现代的一个画家。他的历史,我正在查考之中。这本散文诗,是我在一九二七年冬月在一位朋友处读到的,我极爱他的精深的哲理,和妙丽的文词。那年的春天,便请我的习作班的同学们分段移译,以后不知怎样,那译稿竟不得收集起来。今年三月,病榻无聊,又把他重看一遍,我觉得这本书有翻译的必要,便勉强以我生涩的笔儿,介绍他与国人见面。
>
> 　　　　　　　　　　　　四,十二,一九三〇,北平。

这是《先知》与作者纪伯伦首次与古老中国的读者见面的情形。这里有个很重要的问题,纪伯伦在中国是个陌生的名字,冰心说他是犹太人与画家,可能是从她的英语老师鲍贵思那儿听说的,画家是对的,犹太人有误。冰心凭着她的艺术敏感,意识到这部书的价值,并认为很值得介绍给中国的读者。这里首先体现了冰心的艺术敏感,有着发现的特殊意义。她用"精深的哲理,和妙丽的文词"评价这部书,表达她发现的喜悦。

天津《益世报》是民国时期罗马天主教教会在华出版的中文日报,该报副刊创办于 1929 年 11 月 1 日,主编张虹君系燕京大学毕业,邀约母校周作人、冰心、许地山、熊佛西等 12 位

"燕大"的作家、学者担任特约编辑和撰稿人，冰心的中篇小说《惆怅》，就是连载于创刊后一个月的1929年12月2日至12日的《益世报》副刊第18～25期上。张虹君对《先知》的连载也非常积极，但是，由于《益世报》的改版，导致了对《先知》的连载被按下了暂停键。

二 新月版

促使完成《先知》的翻译并出版单行本，是在次年。当时，冰心的家庭发生变故。我在《冰心年谱长编》中记载，1930年初，冰心的母亲杨福慈在上海逝世，父亲谢葆璋辞去上海海道处等职务，回到北平定居养老；这一年吴文藻父亲吴焕若病逝，遗债折合大洋700元，由儿子偿还；次年，儿子吴宗生在协和医院出生，同时，因健康原因，冰心辞去北平女子文理学院讲师一职。于是，出现了家庭暂时的拮据。这时，冰心想找一家出版社预支一部分的稿费，以解一时之需。二三十年代，冰心的著作一般是北新书局、商务印书馆出版，当时的新月书店正雄心勃勃想出版一部"英文名著百种丛书"，新月书店得知这个消息，正是契合了他们的构想，立时差人送去了一笔不菲的预支大洋。于是，冰心便紧锣密鼓地将《先知》另外15章一口气译完。这15章的目录是：《论自由》《论理性与热情》《论苦痛》《论自知》《论教授》《论友谊》《论谈话》《论时光》《论善恶》《论祈祷》《论逸乐》《论美》《论宗教》《论死》《言别》。在交给

出版社时,将《益世报》发表过的《论喜乐与悲哀》《论买与卖》,改为《论哀乐》《论买卖》。并且重新撰写了序:

凯罗·纪伯伦(Kahlil Gibran)是叙利亚人(Syria)。一八八三年生于黎巴嫩山(Mount Lebanon)。十二岁时到过美国,两年后又回到东方,进了贝鲁持的阿希马大学(AI-Hikmat Gollege)。

一九〇三年,他又到美国,住了五年,在波士顿的时候居多。此后他便到巴黎学绘画,同时漫游了欧洲,一九一二年回到纽约,在那里居住。

同时他用亚剌伯文写了许多的书,有些已译成欧洲各国的文字。以后又用英文写了几本,如《疯人》(*The Madman*,1918),《先驱者》(*The Forerunner*,1920),《先知》(*The Prophet*,1923),《人子的耶稣》(*Jesus the Son of Man*,1928)等,都在纽约克那夫书店(Alfred Knopf)出版。先知是他的最受欢迎的作品,原书中的十二幅插图都是作者自己的手笔。

关于作者的生平,我所知道的,只是这些了。我又知道法国的雕刻名家罗丹(Auguste Rodin)称他为二十世纪的勃莱克(William Blake);又知道他的作品曾译成十八种文字,到处受到热烈的欢迎。

这本书,先知,是我在一九二七年冬月在美国朋友处读到的,那满含着东方气息的超妙的哲理和流丽的文词,予我以极深的印象！一九二八年春天，我曾请我的"习作"班同学，分段移译。以后不知怎样，那译稿竟不曾收集起来。一九三○年三月，病榻无聊，又把它重看了一遍，觉得这本书实在有翻译的价值，于是我逐段翻译了。从那年四月十八日起，逐日在天津《益世报》文学副刊发表。不幸那副刊不久就停止了，我的译述也没有继续下去。

今年夏日才一鼓作气地把它译完。我感到许多困难：哲理的散文本来难译，哲理的散文诗，更难译了。我自信我还尽力，不过书中还有许多词句，译定之后，我仍有无限的犹疑。这是我初次翻译的工作，我愿得到读者的纠正和指导。

八，二十三，一九三一。冰心

这个序与一年前写的前言，有了不少的变化，这时，已纠正犹太人的说法，改为叙利亚人，这显然也有误，黎巴嫩只是叙利亚的邻国，从未被叙利亚合并，但她又说出生于"黎巴嫩山"，这个山却是在黎巴嫩的地中海岸。序言对作者的生平增加了不少的内容，大都无误，一直延用至今，这在那个仅靠纸质媒体传递信息的时代，并不容易。对《先知》的感悟与评价，"我极爱他的精深的哲理，和妙丽的文词"，改为了"那满含着东方气息的超妙的哲理和流丽的文词"。同时，阐明了全书翻译的过程以及译后的心情，让读者了解了这部散发东方气息的诗作。

序言完成后，冰心即将全部的译稿交与新月书店。1931年9月新月书店马上出版，初版分甲种与乙种两个版本同时面世。

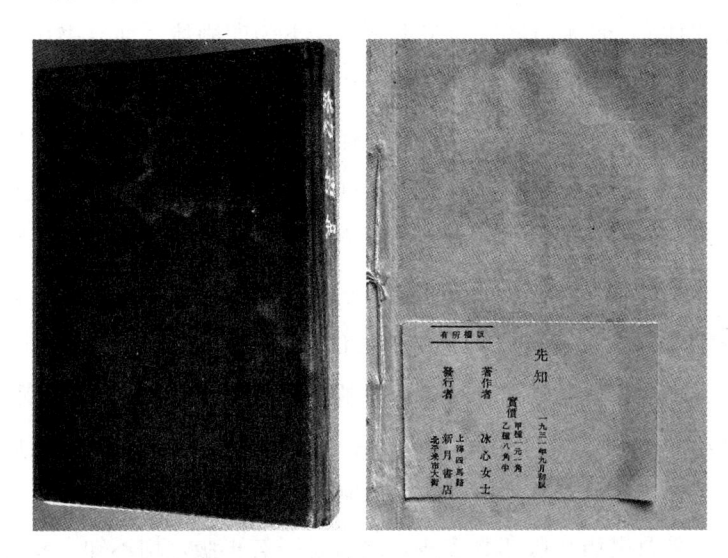

新月书店1931年9月初版甲种本

这时新月书店的经理人员有了调整，由徐志摩出面邀请邵洵美担任经理。"邵洵美既有钱，又会做生意，又是作家，请来办新月书店，这些条件实在是最好不过的。"（徐志摩语）所谓甲种本即精装本，豪华大气，蓝布硬质卡纸封面，仅在书脊反白凹印四字"冰心：先知"。定价一元一角，版权页是剪贴上去的，无原作者的名字，仅用"著作者　冰心女士""发行者　新月书店（上海四马路，北平米市大街）"，上有上下两行黑杠标示"版权所有"。内有28章散文诗目录，前有冰心的序，克那夫原版中由纪伯伦创作的12幅黑白裸体画，插页6码，显赫地置于正文之前。乙种本则抽去了这 6 页插图，仅将其中的一幅，即纪伯伦的版画像置于封面的正中，上有"先知"书名的斜立美术体，"谢冰心译"列于书名下，下为印刷体"新月书店出版"。定价八角半。这两个版本的区别还不仅于此，在内文的处理上，也有很大的区别：乙种本有 28 篇的目录，正文中也对应着 28 个标题，但甲种本只在目录页上呈现篇目标题，正文中却没有标题，全书一口气排下，只有回到目录页上，方知属于哪一章的内容。《先知》的初版本，一开始就以两种版式首次隆重地在中国面世，这也契合了冰心的心意。但从署名可以看出，新月书店重译者轻著者（只是在扉页上署名：凯罗·纪伯伦著，冰心女士译），这可能是由于纪伯伦在当时的中国尚未引起人们的关注，冰心是第一个将其介绍到中国的译者。

新月书店初版印数多少，之后是否有再版，均不知。我近日在孔夫子旧书网上搜到这个初版的精装本，价格不菲，要价两千，我让冰心文学馆将其买下，这个初版本是十分珍贵的。我得到的是书林书局两种初版简装本的影印本。就是这个影印本，我也认为很有价值，它让我看到了新月书店乙种本的原样。

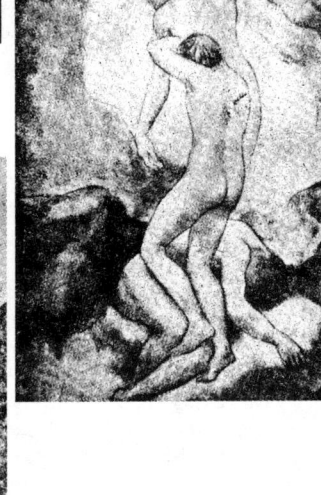

新月书店1931年9月初版甲种本插图

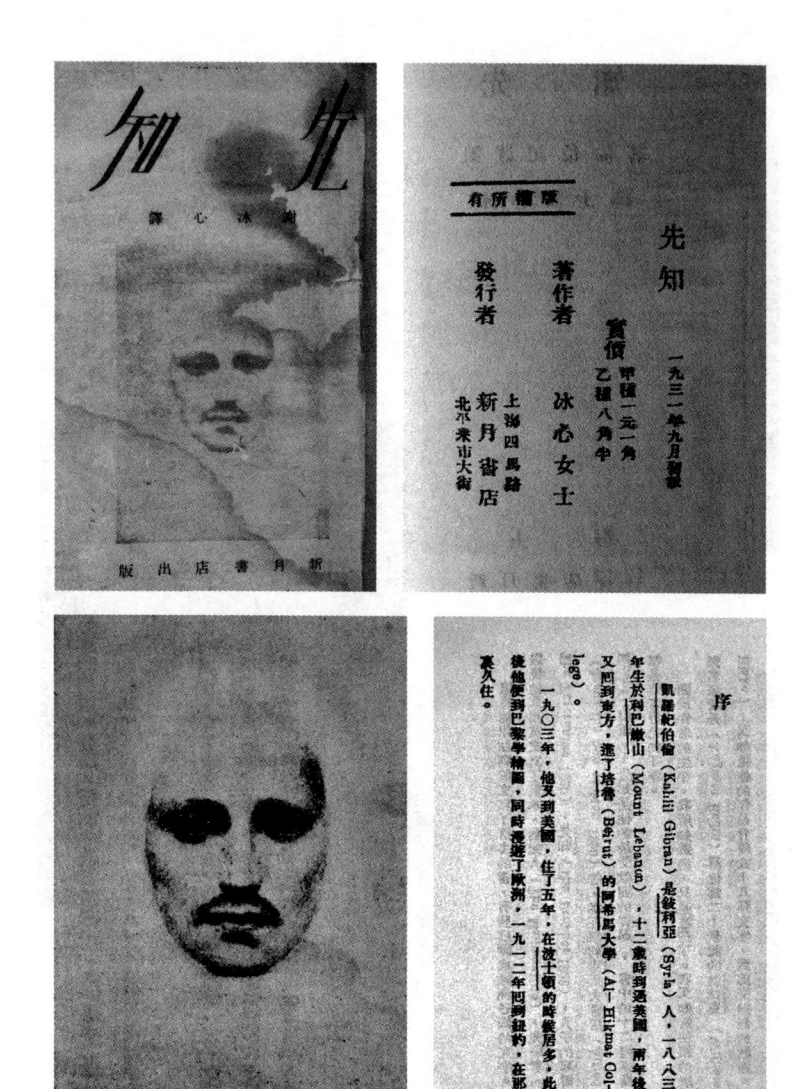

新月书店1931年9月初版乙种本

三 开明版

1932年清明前后,冰心编辑了她的第一个《冰心全集》,交由北新书局分三卷先后出版,1931年出版的翻译《先知》未收入,但巴金对这部译著印象很深,所以,当他在1942年根据《冰心全集》重新编辑《冰心著作集》并交由开明书店出版时,希望能将这部译著收入。但抗战时冰心一家流离失所,从北平到昆明到重庆,大部分资料、书籍与用品均留在燕京大学的住宅与教学楼,一时找不到,只能留下遗憾。后来,《先知》找到了,这时离新月书店签订版权的合约已过了13年,且由于主要创办人徐志摩飞机失事,1932年淞沪战事,邵洵美也无力支撑新月书店了,1933年新月书店停业关张。巴金在得到这个版本后,建议交给开明书店再版,冰心同意了,于是,相隔12年后,便有了民国三十三年(1944年)三月初版的《先知》。我看到的是民国三十八年(1949年)二月三版,每册定价:0.40元。开明版标明

开明书店1949年3月三版

了"著作者：Kahlil Gibran　翻译者：冰心　发行者：开明书店　上海福州路　代表人：范洗人　印刷者：开明书店"。没有目录，正文中也没有标题，序（用了新月版的序）后便以"一、二、三……二十八"为标题进行排版。这时已不存在与新月社的版权问题，不知道为什么要将那么富有哲理与诗意的标题改为数字标？新月版中的十二幅插图，全无，封面是金色装饰菊花图案，半圆扇形，右下、左上手写体"先知"与"冰心译"。全书计104页。《先知》发行时，《冰心著作集》等书正在热销，开明书店打了不少的广告，也都出自叶圣陶之手。

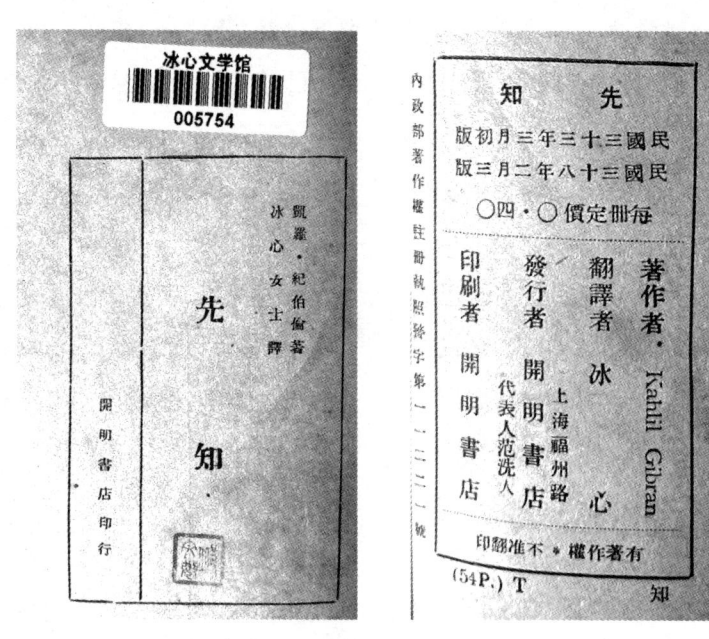

开明书店1949年3月三版扉页、版权页

四　人文版

民国三十八年已是1949年了，冰心作品的不少版本都是由开明书店带进新中国的，《先知》也是。1956年底，人民文学出版社决定出版这部译著，冰心为此专门写了一个"前记"：

> 在划时代的万隆会议召开以后，同受过殖民主义者剥削压迫的亚非国家的亿万人民，在民族独立的旗帜下，空前地团结了，亚非国家间的文化交流和经济合作，也逐渐频繁起来，就在这时，我们中国人民也逐渐熟悉了一个中东的文明古国——叙利亚。
>
> 在英，法，以侵略埃及的战火中，和埃及人民血肉相连的叙利亚人民，奋不顾身地站上了支援埃及反抗侵略的最前线。我们尊敬他们，羡慕他们，我们更愿意多知道他们生活思想中的一切。
>
> 我忆起了二十七年前我译过叙利亚诗人凯罗·纪伯伦的一本散文诗——《先知》。这本诗在二十余年前就深深地吸引了我！它的文字的流丽清新，说理的精深透彻，充满了东方哲人的气息。尤其在："论爱"，"论婚姻"，"论孩子"，"论工作"，"论法律"诸节，都有极其精辟的警句，使人百读不厌。
>
> 读了叙利亚文学里这么精彩的一鳞一爪，使我感到我

们对于叙利亚的文学，真是知道得太少了！（这本诗因为作者是用英文写的，我才看得懂。）我衷心地希望我们中国通晓阿拉伯文字的学者，能多给我们介绍些优美的叙利亚和中东各国的文学，更希望多有青年人去学习阿拉伯文字，将来可以大量地有系统地把阿拉伯文学介绍过来。这工作对于人民间的团结和互相学习，是有极大的好处的。

《先知》原书在抗战期间丢失了，不能再好好地校阅一遍，这是我所引为深憾的。人民文学出版社决定重印出版这本诗，因写前记如上。

20，11，1956，北京

这个前记，冰心依然将纪伯伦视为叙利亚人，这里可能有两个方面的原因，就黎巴嫩与叙利亚的历史而言，叙利亚似乎有更鲜明的反殖民色彩，但也许就是三十年代认知的延伸。前记中强调了叙利亚民族独立精神与文学传统，显然带有"万隆会议"的色彩，亚非团结的精神，并且希望有更多人来介绍阿拉伯文学。人民文学出版社《先知》的1版1刷，出现在1957年4月，定价：0.40元，印数：0001—7000册。人文版采用了新月版的译文，恢复新月版的28章的目录，尤其是将纪伯伦创作的12幅黑白裸体插图，单页分插于全书之中。这是一个了不起的动作，那时，反右运动已经进入反击的阶段。我所得到的是湖北人民出版社资料室收藏的版本，借书卡上空无一人，也就是说此书从未被人借阅过，也是一叹。

人民文学出版社1957年4月初版

　　人民文学出版社的这个"蓝色与帆船"封面的版本，有过几刷，我均未见过。我得到人民文学出版社的另一个版本（1987年5月第1版），书名也是《先知》，这是一个64开的小开本，封面是富有阿拉伯风情的装饰画，即公元前六世纪巴比伦王尼布甲尼撒宫殿壁饰。右上有一黄框，内有"先知"书名，"纪伯伦"三字反白，不甚明显。装帧设计为张守义，折口有纪伯伦简介，较为详细而准确地介绍了纪伯伦的生平与创作："纪伯伦（Jibran Kahlil Jibran，1883—1931）是黎巴嫩著名的作家、诗人、画家，出生在黎巴嫩北部的布什拉亚村。"这里将纪伯伦的国籍明确了，但在英文名中，却也与冰心的书写不一样，谁的准确呢？简介前有一幅纪伯伦的黑白画像，一个西方学者的

人民文学出版社1957年4月初版扉页、插图

头像，作者为柳成荫，没有使用1957年人文版的12幅插图，仅此一个重新创作的头像。这一版的《先知》，人民文学出版社将其列为"外国名诗"，书前有"出版前言"："我们编印的这套'外国名诗'，选入了外国诗坛上素负盛名的诗人的名作，承译的是国内有经验的翻译家。优秀的诗歌翻译是一种语言艺术的再创造，能使外国的伟大诗心同中国读者的心灵沟通起来。这些译作有一部分曾在我社出版过，这次重新进行了选编。另一部分则是新译。""入选的诗人包括英国、美国、德国、法国、俄国等西方国家的大诗人如彭斯、雪莱、惠特曼、歌德、海涅、雨果、波德莱尔、普希金等，也包括第三世界国家的大诗人如印度的泰戈尔、黎巴嫩的纪伯伦、智利的聂鲁达等，此外还收

182

入了一本西方现代诗选萃。"纪伯伦的诗作显然是人文社出版过的，这个版本收入了已出版过的28章散文诗，同时收入冰心1963年翻译的纪伯伦的另一部散文诗《沙与沫》（首刊《世界文学》1963年1月号）。奇怪的是，这个1987年5月，1版1刷印数1—10000的版本，没有收入冰心为新月版与开明版写的序。在编后记中有此说明："《先知》和《沙与沫》是黎巴嫩诗人纪伯伦用英语创作的两部独具风格的散文诗集，由我国著名的作家、诗人冰心同志先后在三十年代和六十年代译成中文。《先知》曾在一九三一年和一九五七年先后出版，《沙与沫》则在一九八一年的《外国文学季刊》上首次与我国读者见面。冰心同志的译文生动、优雅、准确，对我国读者了解阿拉伯文学

人民文学出版社1987年版

和纪伯伦做出了重要贡献。为满足读者欣赏纪伯伦的作品的需要，我们现在将这两部作品合集出版。"这个编后记的执笔者，不知道20世纪40年代开明书店也出版过《先知》，同时，也不了解《沙与沫》的首发刊物是《世界文学》，首次与读者见面的时间应该提前到1963年。

五 湖南版

20世纪80年代的出版真是繁荣，新著旧作（"文革"前出版过的）一并涌向读者，那是出书人与读书人的黄金时代。比人民文学出版社更早想着要出版《先知》的是湖南人民出版社。1981年6月17日，湖南人民出版社的两位编辑在郑尔康（郑振铎之子）陪同下拜访了冰心，商量纪伯伦与泰戈尔作品的出版事宜，冰心先将译著《先知》交给了他们，并且新写了一个序言：

> 湖南人民出版社的编辑，来谈重印泰戈尔的《吉檀迦利》和《园丁集》的事，我把纪伯伦的《先知》也交给他们，希望可以重印。
>
> 我很喜欢这本《先知》，它和《吉檀迦利》有异曲同工之妙。不过我觉得泰戈尔在《吉檀迦利》里所表现的，似乎更天真、更欢畅一些，也更富于神秘色彩，而纪伯伦的《先知》却更像一个饱经沧桑的老人，对年轻人讲些处世为

人的哲理，在平静中却流露出淡淡的悲凉！书中所谈的许多事，用的是诗一般的比喻反复的词句，却都讲了很平易入情的道理。尤其是谈婚姻、谈孩子等篇，境界高超，眼光远大，很值得年轻的读者仔细寻味的。

一九八一年十二月八日

在这个序中，冰心有了新感悟："对年轻人讲些处世为人的哲理，在平静中却流露出淡淡的悲凉！"之前的序言都没有这种情绪，大概是伴随了年龄的沧桑感吧。湖南人民出版社于1982年7月第1版，书名"先知［黎］纪伯伦著 冰心译"。封面新设计，土黄色底，拄杖披巾的阿拉伯男人，正欲远离故土与亲人，走向诗与远方。封面富有冲击力。书的责任编

湖南人民出版社1982年7月版

辑是唐荫荪，第1次印刷的印数：1—15,000本，是个不小的数字。书前有"出版说明"，介绍了《先知》的出版情况，介绍了纪伯伦的生平与创作。这时，湖南人民出版社首次将《沙与沫》收入《先知》之中，但也不知道《沙与沫》在1963年便发

表了。这个版本的编辑很有意思，《先知》没有出目录，仅是在正文前有"译本新序"与"译本原序"（即新月版序），接下来的28章散文诗，既无题目，也无数字编码，每一章之前用了一个题图，28章散文诗，28幅题图，每一幅题图既切合内容，又洋溢着阿拉伯风情，十分精致美好，甚至可以说，比纪伯伦自己的插图更有解释力与感染力。在封四中可以找到这些图的作者：封面设计、题图张青渠，还有一个题图作者杨其柽。《沙与沫》仅在书中以单页标出，接下来的每节散文诗，以＊的符号相隔。

湖南人民出版社版

　　湖南人民出版社还有另外一个版本——《先知·沙与沫》，作为"诗苑译林"之一种，版本的时间依然是：1982年7月第1版。印数：1—15,301，也很大，至2刷时，已升到27,700。那时的书开印动辄以万计，这是多么动人的数字呀。这个版本恢复了28章的目录，正文中有28个标题，回到了新月版乙种本的版本上。但若能与湖南版前一个版本相结合，题图加标题，可能就更完美了。

六　英汉对照版

中国国际广播出版社2006年1月出版的《先知》，是个完全不同的版本，厚厚的一本，计有231页。这是一个英汉合一的版本，双页排纪伯伦《先知》英文，单页排冰心《先知》汉译文，英文部分专门列出重要的单词，并注音。编者是冰心的女婿、北京外国语大学英文教授陈恕先生。陈恕教授参与编辑，使这部名著尽善尽

中国国际广播出版社2006年双语版

美。目录开始，前英后汉，28个章节，均在目录下将本章经典语录列出，比如"On Love　论爱"，下方有两行本章中的经典语录："爱不占有，也不被占有/因为爱在爱中满足了。"28章皆然。正文中的每一个章节均有插图，28章28幅插图，均为纪伯伦的画作，还有两篇序中的插图5幅，总共有30余幅纪伯伦绘画作品，每一幅插图均配图注文字，文字从本章节的散文诗选取，使得插图与文字融为一体。这些插图，不仅给人视觉上的享受，同时也是对散文诗意蕴的延伸，图与文，同一存在，

浑然天成。这个版本还刊出了纪伯伦13岁及青年时代的照片，还有一幅全家福，让读者从真实的画面上了解了纪伯伦。陈恕教授为这个版本撰写了极有分量的序《〈先知〉英汉对照本序》，详细介绍了纪伯伦的生平与创作，尤其是对《先知》的成名过程、《先知》的文学价值，做了精辟的论述。序中有一幅纪伯伦花园的照片，这个花园在美国的华盛顿。"1984年美国国会通过了一项决议，在首都华盛顿中心地段为纪伯伦建立一个纪念中心，以此表示对这位伟大的黎巴嫩作家的尊重。里根总统签署了这项决议。这项计划完成后，布什总统亲自出席了纪伯伦纪念公园和纪伯伦塑像的揭幕典礼，并发表了演说，他说人类正走在纪伯伦当年指出的道路上。"

中国国际广播出版社出版的《先知》，责任编辑李卉，版式设计周迅、楠竹文化，32开本，字数47千字，8个印张，印数10,000，2006年1月1版1刷，定价16元。封面淡橙刷底，左边是一幅纪伯伦的宗教画，右边是手写体与印刷体的英汉书名"纪伯伦著　冰心译"，下有两行黑体字"指引生命的智慧之歌
洞见灵魂的性灵画作"。左上角装饰图"悦读书架，超级畅销书双语彩色插图本"。本书的排版也是"楠竹文化"，可能这是一个文化机构，它在《先知》的设计与排版中，作出了重要贡献。本书出版时，冰心文学馆已购入，但作为我个人的收藏，留下一个很大的遗憾——未能请陈恕教授签名。书出版10余年后，陈恕教授离去，这就不是遗憾二字能解得了的，时至今日，仍为失去一位知己而又尊敬的老师而痛心。在建立与管理冰心

文学馆的十几年中，只要找到陈恕老师，他总是能与我同心尽力而为，这是我永远不能忘怀的。在我的小外孙女即将赴加拿大读高中时，我专门将这本英汉双语的《先知》赠与她，不仅是语言的学习与锻炼，更希望她从智者亚墨斯达法的教诲中，对人生有所感悟与感知。

七 《先知》缘

冰心自1927年在朋友处无意间发现《先知》，到组织学生翻译，到独自完成翻译、修订，先后发表出版了《益时报》版、新月版、开明版、人文版与湖南版的五个版本（新月版、人文版与湖南版均以两个版本示世），写了四次前言与序言，直至1985年，在一篇关于翻译的文章中，还专门讲到为什么翻译《先知》。也就是说，冰心从27岁发现《先知》到85岁时还在谈《先知》，这部译作的翻译与出版，伴随了她将近60年，并且还在继续。

对于《先知》，冰心确实很喜欢，年届八五的她在《我为什么译〈先知〉和〈吉檀迦利〉》这篇文章中，做了最深情的表达：

《先知》是被世界的读者们称之为他的代表作的。

我那时觉得有喷溢的欲望，愿意让不会读原文的读者，也能享受我读这本书时的欣悦、景仰和伤感。

《先知》的好处，是作者以纯洁美丽的诗的语言，说出了境界高超、眼光远大的、既深奥又平凡的处世为人的道理。译来觉得又容易又顺利，又往往会不由自主地落下了眼泪。

不仅是文字，冰心对于原版中纪伯伦自绘的插图，也十分钟爱、十分在意。冰心认为，那是《先知》的一部分。但出版社对此并未十分在意，只有新月版的甲种本、人文版的1957年版本完整地使用了纪伯伦的插图，对此，冰心是有微词的。她在一封致驻黎巴嫩的外交官曹彭龄的信中，就表达了这种感慨："我初版的译本《先知》是给新月出版社出的，（章禹九要的稿）那上面就有纪伯伦的画，再版是由湖南出版社出的，却没有了。这是编辑审美能力的高低！纪伯伦的画如其文，决不低调也不庸俗。这是我的意见。"（1988年1月26日）之前，冰心与曹彭龄的谈话也说到了插图，她说纪伯伦既是作家、诗人，又是画家，当年在巴黎深造时，曾得到罗丹大师的指点。他的油画《秋》还在巴黎美展上得过奖。她说《先知》早先的译本曾有插画，后来却没有了，她感到很遗憾。彭龄问下次增印能否补进插画，冰心说："可惜手头已经没有带插图的英文原版书了。"曹彭龄允诺回黎巴嫩后，一定为她找一本。

曹彭龄是否为冰心找到了原版的《先知》，我已没有印象了，但通过这位外交官，位于偏远的纪伯伦的故乡黎巴嫩卡迪斯山谷（圣谷）尽头的布舍里"纪伯伦博物馆"，奇迹般地与冰心建立了联系。他们了解到1931年冰心便翻译出版了《先知》，又惊又喜，说纪伯伦正是那一年逝世，冰心的译本是纪伯伦的第一个外文译本，并且是被介绍到了另一个东方文明古国。博物馆恳切希望通过外交官，能得到一本冰心的译本。曹彭龄将这个信息当面报告了冰心。当时冰心手头不可能有新月版的《先知》，就连湖南版的也没有，她请求湖南人民出版社再版，并找到之前《先知·沙与沫》的版本，题上了"赠给黎巴嫩纪伯伦博物馆"，还庄重地钤上了印章。同时，展纸砚墨，用毛笔书写了《先知》中《论友谊》篇里很长的一段话：

让你的最美好的事物，都给你的朋友。
假如他必须知道你潮水的退落，也让他知道你潮水的高涨。
你找他只为消磨光阴的人，还能算你的朋友么？
你要在生长的时间中去找他。
因为他的时间是满足你的需要，不是填满你的空虚。
在友谊的温柔中，要有欢笑和共同的欢乐。
因为在那微末事物的甘露中，你的心能找到他的清晓而焕发的精神。

行前，外交官将冰心珍贵的字装裱成精致的卷轴，纪伯伦博物馆得到冰心签赠书与题字如获至宝，说："这是纪伯伦博物馆建立以来，所收到的最珍贵的礼物。"博物馆馆长瓦希布·库鲁兹在回赠冰心英文版的《先知》上题写道：

尊敬的冰心女士：

您给纪伯伦博物馆的赠礼，是最有价值和最宝贵的。我们将把它陈列在纪伯伦文物旁。

在您的手迹前，我看着它，感到岁月的流逝、生命的深邃和您眼中闪烁的中国古老文化的智慧的光辉。我热爱中国古老文化，并努力从中汲取营养。您对纪伯伦的《先知》的重视，在他逝世不久的同一年里，就将它译出，正是中国古老文化的价值和您的深邃的智慧的明证。

我毫不怀疑，您对我和博物馆的赠品，将是由最深刻、最根本的人类共有的文化联系着我们大家的最好的纪念。只有深刻的、人类共有的文化，才能将人们联系在一起，并促进他们的团结。

向您表示由衷的敬意！

英文版的《先知》为黑色封面，白脊，封面上有一个圆形的贴金图案。书的一边是半毛边的，收有纪伯伦自己画的十余幅插图。书外面有一个黑色硬纸的封套。这是专为馈赠印制、装帧的豪华版，古朴、素雅。

为了表彰冰心最早翻译与介绍纪伯伦的《先知》《沙与沫》，表彰她为中黎文化交流事业所作的突出贡献，1995年黎巴嫩总统埃利亚斯·赫拉维亲自签署了第6146号命令，授予冰心黎巴嫩国家级雪松骑士勋章。1995年3月7日黎巴嫩驻华使馆和中国文化部在北京医院举行了隆重的授勋仪式，黎巴嫩共和国驻华大使法利德·萨玛哈亲手将一枚代表黎巴嫩最高奖赏的雪松骑士勋章佩戴在冰心的胸前，并按照阿拉伯人的习俗，弯腰轻吻了老人的手。

1995年3月7日，黎巴嫩驻华大使法利德·萨玛哈在北京医院为冰心授勋

2001年9月6日，以黎巴嫩作家协会主席朱佐夫·哈尔卜为团长的黎巴嫩作家代表团一行6人，专程前来冰心文学馆参观访问。在冰心的雕像上，代表团向冰心献上红玫瑰与赞美诗：

纪伯伦是东方不朽的精神
您的精神也是不朽的
你们俩曾相识
我们都是你们的孩子

……

我们热爱自由

热爱孩子

热爱土地

热爱和平

我们是您面前的红玫瑰

希望您能闻到我们的芳香

向您的精神致敬！

2023 年 9 月 15 日星期五

《印度童话集》：一年三个版本

1953年11月27日至次年1月12日，应印度印中友好协会的邀请，冰心参加以丁西林为团长的中印友好协会访问团，前往印度出席庆祝印中友好协会成立纪念大会。代表团共有6人，副团长夏衍，团员冰心、袁水拍，翻译黄金祺等。代表团在印度进行了长达一个半月的参观访问，对印度的历史、文化和社会作广泛的了解与认识，这为冰心后来进行印度文学作品的翻译与介绍，提供了机会与便利。孟买是印度最大的海港和重要交通枢纽，也是作家、艺术家荟萃之地。在这里，有两次欢迎会，是在作家们的家里举行的，"空气格外地温暖亲切"（冰心语）。在这里，冰心结识了印度当代作家穆·拉·安纳德（M·R·Anand）。

安纳德是印度印中友好协会总会的理事，印度和平委员会的副主席，世界和平理事会的理事。1951年，他曾以印度亲善访华团团员的身份来到北京，参加中国国庆节庆祝典礼。安纳德1905年生于印度西北边境的白沙瓦（Peshawar，今属巴基斯坦），早在1919年就参加了青年反帝运动，在本国大学毕业后，到美国留学，和英国知识分子开始接触，二十几岁就开始写作，他是印度作家协会最早的会员之一。"他的作品主要的是长篇和短篇小说，描写印度人民在帝国主义和封建主义压迫下的痛苦生活。他是一个反帝、反封建、反战争的作家，印度和平运动的健将。"（冰心《印度童话集》前言）

安纳德《印度童话集》里的故事，都是他小时候从母亲、姑姑和阿姨那里听来的印度最流行的故事。他对这些故事的印象很深，就把它们重新写了下来。他认为这些故事，不但儿童可以看，而且大人也可以看，不但印度人可以看，外国人也可以看，因为民间故事通过国际的来往，常常有相似的题材。同时，作者的小说创作，受到这些童话故事的影响，"在我们国家的民间故事里，存留着我们碎断的传统的唯一链环。我以为只有追溯母亲讲给儿子听、儿子又讲给儿子听的那些故事形式，我们才能发展我们现代短篇小说的新型。""无论如何，我必须承认我自己在写短篇小说的时候，虽然放进了许多新的心理学，可是我总努力使它的技巧和民间故事近似；所以，在我的短篇小说里受这些故事的影响总是很深的。"（安纳德《印度童话集》原序）也就是说，印度童话故事，成了安纳德的精神资源，他十分珍惜这些资源，因而，当中国作家走到面前时，他没有赠送其他的作品，而是将一本薄薄的童话故事集送给了冰心，并且希望她能将其介绍给中国的小读者。

结束在印度的访问后，代表团又顺道访问了缅甸与新加坡。冰心于1954年2月4日回到广州，2月10日回到北京。其后，她写作了长达两万余字的访问记《印度之行》，在中国作协创办的《新观察》杂志上连载；参加了全国政协组织的宪法草案座谈会，对宪法发表了感想；选编了自己从1920年到1943年的作品，计有16篇小说和6段散文，编成《冰心小说散文选集》，并撰写了"自序"，交由人民文学出版社出版（1954年9月第一版），成了她1949年后在国内出版的第一本书；同时出席了在北京召开的第一届全国人民代表大会第一次会议……在《冰心年谱长编》中，几乎找不到她翻译《印度童话集》的时间，然而，就是这一年的12月，《译文》杂志刊出了冰心翻译的《印度童话集》6篇，并有序言，从序言中可以看出，作者实则完成了全部12篇童话故事的翻译。也大概就是与此同时，上海的少年儿童出版社出版了这本冰心翻译的《印度童话集》。这即表明，冰心当年从印度访问归来，当年在百忙中完成翻译，当年发表与出版。

遗憾的是，我未见到少年儿童出版社1954年版《印度童话集》，但我见到次年也就是1955年出版的三个版本的印度童话集。按时间顺序，中国青年出版社1955年1月北京第一版，书名《印度童话集》，书号616，文学125，著者［印度］穆·拉·安纳德，译者谢冰心，下有小字号标出"青年·开明联合组织"，出版者为中国青年出版社（北京东四12条老君堂11号），新华书店经销，北京中国青年出版社印刷厂印制。印张

23/4，字数 43,000，1955年1月北京第一次印刷，定价 3,000 元（也就是币制改革后的 0.3 元），印数 1—32,000（内精装本 4,000），北京市书刊出版业营业许可证出字第 036 号。书内有冰心写于 1954 年 10 月的"前言"，之后是"原序"，12 篇的童话目录为：《世界是怎样开始的》《罗达和壳利斯纳》

中国青年出版社 1955 年 1 月第一版

《太阳、月亮、风和天空》《一段恋爱的故事》《鹤和鱼》《乌查囚的维克拉玛》《空中楼阁》《一个爱父亲像爱盐的公主》《狮子和山羊》《一个残忍的后娘》《一个婆罗门、一只老虎和一双豺狗》《多话的乌龟》。

中国青年出版社的《印度童话集》出版 8 个月后，上海的少年儿童出版社即以《石榴女王》的书名出版，将其列入"世界民间故事丛书"之"印度篇"。封面设计完全不一样，前者是一幅置于左边的现代画，后者为组合图案的版画，基本占据全封面，在画中反白"[印度] 穆·拉·安纳德"与"冰心译"的文字。字体很小，不仔细不易看出。书前扉页有《致小读者》花边框文："小朋友，你很想了解世界各国古代劳动人民的生活斗争和风土人情等情况吧，那就请你多多阅读世界民间故事，这对了解世界各国的情况是有益的，对增长知识、开阔眼界和陶冶性情也很有好处。印度是一个具有灿烂文化的古国，本书收集的民间故事，都是印度最流行的故事，趣味盎然、文笔清新，供你们阅读欣赏。"书中有谢冰心的"前言"与作者的

少年儿童出版社1955年新一版

"原序"，12篇的目录与中国青年出版社版本相同，只是将第6篇《乌查囚的维克拉玛》，改为《石榴女王》并作为书名，以示区别。版权页除书名与译著者外，增加了"王劼音等插图""何礼蔚装帧"等，同时标有"1955年8月新一版"等。从版权页可以看出，这本印度童话集在装帧插图方面有变化，并且用了"新一版"，也就是说，之前已经有过一个"一版"了，这就是我没有看到的1954年的版本吧。我在书后行良先生撰写的"阅读参考"《灿烂的文化古国——印度》一文中，看到了这样的一段话："这本印度民间故事系由印度当代作家穆·拉·安纳德编写，谢冰心同志翻译，本社于一九五四年出版。现今征得译者同意，予以重版，并作为《印度篇》，列入《世界民间故事丛

书》，十二个故事和译者当时写的'前言'，以及作者'原序'，一律保持原来面目，以便大家了解这本书过去和现在的真实情况。"原来1954年的版本与这个1955年8月新一版，是同个版本，新一版新在哪里，因为没有看到前一个版本，也就说不上来，但可以肯定的是，一定会有不同之处。比如，关于插图就不同，我在后面专门来说。1955年的新一版，一直延用至1982年2月的第5次印刷，这一刷的印数为：1—56,000，数次累计起来，发行量是相当可观的。

到了1955年12月，上海的少年儿童出版社又以《印度民间故事》的书名出版了该书，仍然是12篇童话，冰心的"前言"与原作者的序，版权页用的是"1955年12月新一版"，这个新一版与《石榴女王》用的"新一版"也是不一样的，不仅书名不同，插图与装帧都不一样。封面用的是与中国青年出版社相同的现代画，作者为同一人——利·希微斯瓦卡，也是该书中第1、3、8、10篇文章的绘画者；而在版权页上，插图

少年儿童出版社1955年12月新一版第3次印刷

已不是"王劼音等"而是"庇·高瑞等"。尤其是这个版本的目录页上，每一篇故事都标明了插图的作者，计有6名画家来画插图，分别是：庇·高瑞、苏·泰戈尔、加·瑞意、利·希微斯瓦卡、希阿登、拉·莫依德，有的作品有两幅插图分别来自不同的画家。这就出现了很有意思的现象，同一家出版社不仅是书名有别，在童话故事的插图上也出现了不同的现象。而中国青年出版社与少年儿童出版社这一版的插图绘画，则是相同的。总计26幅插图，两个版本的绘画相同，连插图的位置与页码都相同。这两个版本在冰心的"前言"中，都有这样的一句话："这本书里的插图，都是印度当代著名的画家画的，值得注意一下。"而在《石榴女王》的"前言"里，这句话被删除了，故而有了"插图　王劼音等"。

对一部翻译作品重新配置插图，并非不可以，但王劼音的插图，多为撷取原画作之意、之形，稍加改造而成。《世界是怎样开始的》插图，原作一只大手上两个力士的角逐，在王劼音的插图中，这些元素都没有改变，只是改变了角度与位置，同时使用了黑白版画的形式。《空中楼阁》中的两幅画，也成了版画，但画面的总体构思，人与人、人与物的关系都是原作中所有的，版画的形式，让绘画的效果发生了变化。《一个残忍的后娘》则属于根据故事的题目改为重新创作，后娘背手持利刃，凶狠侧身而前；原版是两个天真、无辜的孩子，面对伪装的后娘。《一个婆罗门、一只老虎和一双豺狗》，原版的3幅插图，一幅是婆罗门在进香的路上；一幅是放出笼子的老虎追杀婆罗

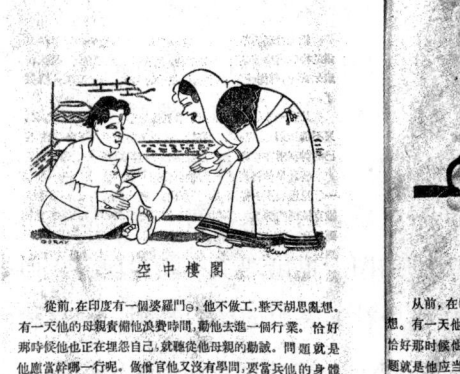

《印度童话集》原版插图　　　《石榴女王》改造后的插图

门；一幅是老虎被豺狗机智地关进笼子，婆罗门、豺狗与老虎的对视。王劼音的插图，仍然是3幅，进香路上取消了，老虎的追逐，豺狗、婆罗门与老虎的周旋，直至重新将老虎关进笼子的对视，一色的木刻版画。《多话的乌龟》原版有3幅，王劼音根据原版改为两幅版画，其想象与绘画的艺术性，不能与原版相提并论。查了一下王劼音的情况，1941年生人，国画、油画与版画皆有建树，为《石榴女王》插图时，年仅十四五岁，能画出那些版画插图，可谓是少年天才了，但就版权而言，还是有商榷之处。

2023年9月7日星期四

泰戈尔译本数种

一 《吉檀迦利》

冰心较早受泰戈尔影响，小诗集《繁星》《春水》便是受泰戈尔《飞鸟集》启发而作，但翻译泰戈尔的作品却是在多年之后。

冰心最先翻译泰戈尔《吉檀迦利》是在 1955 年，比翻译纪伯伦的《先知》晚了 25 年。1953 年底至 1954 年初，冰心、夏衍等参加以丁西林同志为团长的中印友好代表团访问印度，专程来到泰戈尔故居，在欢迎茶会上，她用英语背诵了两首泰戈尔的诗，然后简洁地介绍了泰戈尔对中国的友谊和他在中国的影响。访问中，冰心时常感觉到这位印度文艺复兴时代的巨人，是怎样地受着广大人民的爱敬。"他的大大小小的画像，在人家和公共场所的墙壁上悬挂着，他的长长短短的诗歌，在男女老

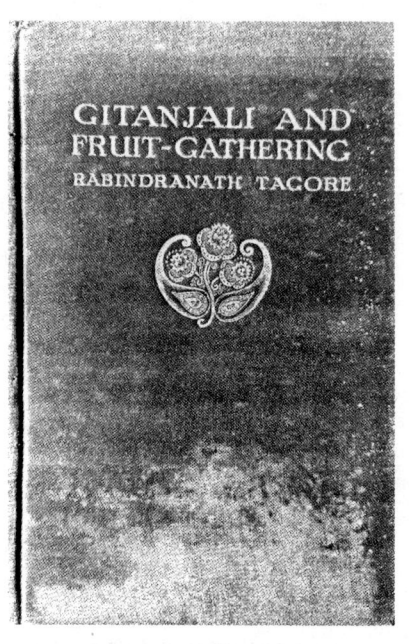

幼的口中传诵着。人民永远记得他怎样参加领导了印度的文艺复兴运动；怎样排除了他周围的纷乱窒塞的、多少含有殖民地奴化的、从英国传来的西方文化，而深入研究印度自己的悠久、优秀的文化。他进到乡村，从农夫、村妇、瓦匠、石工那里，听取了神话、歌谣和民间故事，然后用孟加拉文字写出最素朴、最美丽的文章。他创立音乐学院，开始记录印度古代的乐谱，

《吉檀迦利》原版，新约克麦克米伦公司 1918 年版

这些古印度文化遗产之整理与大众化，对于印度日益蓬勃的民族运动，曾起了极大的作用。"（冰心《纪念印度伟大诗人泰戈尔》）这次访问归来之后，冰心即着手翻译《吉檀迦利》。之所以首先选择翻译这部诗作，"只因为它是泰戈尔诗集中我最喜爱的一本。后来我才知道《吉檀迦利》也是他诗歌中最有代表性的一本"。

  1955 年 4 月，人民文学出版社出版了这个译本的单行本。内文繁体、竖排，103 首诗作，无目录，不断码，连排 69 页。

第一版第一次印刷，印数54,500。封面是一位黑衣顶壶、提篮多姿的印度女子，背景是古城堡建筑，城堡中的小鸟飞向天空。封面黑体"吉檀迦利"四字，书名下置"泰戈尔"三字，无译者，扉页上才有"泰戈尔著""谢冰心译"的完整款置。书前插页是泰翁写作时的照片，另有冰心的"译者前记"：

人民文学出版社1955年4月第一版，1981年9月第2次印刷

这本《吉檀迦利》是印度大诗人罗宾德罗那特·泰戈尔的诗集。《吉檀迦利》就是印度语"献诗"的意思。

泰戈尔（一八六一——一九四一年）是印度人民最崇拜最热爱的诗人。他参加领导了印度的文艺复兴运动，他排除了他周围的纷乱窒塞的，多少含有殖民地奴化的，从英国传来的西方文化，而深入研究印度自己的悠久优秀的文化。他进到乡村，从农夫，村妇，瓦匠，石工那里，听取神话、歌谣和民间故事，然后用孟加拉文字写出最素朴最美丽的散文和诗歌。

这本献诗集里的一百零三首诗，是他在五十岁那年（一九一一年）从他的三本诗集——《奈维德雅》（奉献），

《克雅》（渡河）和《吉檀迦利》（献诗）里面，以及从一九〇八年起散见于印度各报章杂志上的诗歌，自己选择成英文的。

从这一百零三首诗中，我们可以深深的体会出这位伟大的印度诗人是怎样的热爱自己的有着悠久优秀文化的国家，热爱这国家里爱和平爱民主的劳动人民，热爱这国家的雄伟美丽的山川。从这些首诗的字里行间，我们看见了提灯顶罐、巾帔飘扬的印度妇女；田间路上流汗辛苦的印度工人和农民；园中渡口弹琴吹笛的印度音乐家；海边岸上和波涛一同跳跃喧笑的印度孩子，以及热带地方的郁雷急雨、丛树繁花……我们似乎听得到那繁密的雨点，闻得到那浓郁的花香。

在我到过印度之后，我更深深地觉得泰戈尔是属于印度人民的，印度人民的生活是他创作的源泉。他如鱼得水地生活在热爱韵律和诗歌的人民中间，他用人民自己生动素朴的语言，精炼成最清新最流丽的诗歌，来唱出印度广大人民的悲哀与快乐，失意与希望，怀疑与信仰。因此他的诗在印度是"家弦户诵"，他永远生活在广大人民的口中。

前记中还说，这本诗集，是从英文的译本转译的，冰心遗憾自己"既不能摹拟出孟加拉原文的富有音乐性的，有韵律的民歌形式，也没有能够传达出英译文的热烈美妙的诗情"，好在有一位懂孟加拉文的石素真女士帮助校阅，冰心谦逊地表达感激之情："没有她，我是没有胆量来翻译的。"前记写于3月13日，译作的版权页是4月。

这个版本直至1981年9月，才有第2次印刷，印数：54,501—102,000，两次印数基本持平。第2次印刷虽然汉字简体实行了多年，但依然用的是第1次印刷的版本，繁体、竖排，没有任何改动。

二 《泰戈尔诗选》

冰心译泰戈尔的第二个译本是《泰戈尔诗选》（1958年）。1957年是知识分子艰难的年代，先生吴文藻、儿子吴平双双被打成右派，一家中出了两个右派，冰心还真是"世事沧桑心事定"，依然将自己沉浸在泰戈尔的世界中。共有130首诗，两千余行，竟在"鸣放"的高潮中完成。

在"译者附记"中，冰心没有留下那个年代心情的蛛丝马迹，而是平静地介绍了这本书的由来："这本是印度大诗人罗宾德罗那特·泰戈尔逝世以后，他的朋友们替他编选的诗集。集中共有130首的诗，歌曲，自由诗和散文诗；有些是曾散见于印度的各种报章刊物，有些是没有发表过的，其中除了第114和120—130这12首之外，都是诗人自己从孟加拉文译成英文的。"重点在于附记的解读，突出了泰戈尔诗歌的爱国情怀，也许这就是冰心当年要表达的心境吧：

这本诗集最突出的一点，是编入了许多泰戈尔的国际主义和爱国主义的诗，这些诗显示了泰戈尔的最伟大最受人民喜爱的一面。孟加拉本是印度民主运动和文艺复兴运动的中心，在广大人民渴求解放热望自由的火海狂潮之中，泰戈尔感激奋发，拿起他的"力透纸背"的神笔，写出了热情澎湃的歌颂祖国鼓舞人民的诗篇。集中的第38—44首，就是他1905年孟加拉自治运动期间写的；集中的第51首，在1946年印度独立后，被选为国歌。此外如第102首关于非洲的；第110首关于慕尼黑会议的；都是诗人对于殖民主义和法西斯主义的最严厉尖锐的谴责。诗人的祖国曾长期地被践踏于英帝国殖民主义者的铁蹄之下，因此他对于被压迫剥削的亚非人民，有着最深厚的同情，对于西方帝国主义集团，有着最切齿的痛恨；在这类的诗篇的字里行间，充满了他的目光如炬，须眉戟张的义怒，真使读者"如闻其声，如见其人"！这是泰戈尔人格中严霜烈日之一面，与"吉檀迦利"集中所表现的霁月光风，是有其不同的情调的。

恰在这时，中宣部指示中国科学院文学研究所筹组编委会，组织朱光潜、冯至、戈宝权、叶水夫等30余位外国文学权威专家，编选三套丛书——"马克思主义文艺理论丛书""外国古典文艺理论丛书""外国文学名著丛书"。人民文学出版社与中国科学院文学研究所，根据"一流的原著、一流的译本、一流的译者"的原则进行翻译和出版工作。冰心译泰戈尔自是"三个一流"了，立即被纳入"外国文学名著丛书"第一辑，排名第五本，并且快速出版，版权页为：1958年5月北京第一版。书名《泰戈尔诗选》，同时收入了石真译（即前面冰心感谢过的石素真）的《故事诗》25首。冰心的翻译系根据泰戈尔本人转译成的英文本译成，而石真则是直接从孟加拉文译成。译者附记中说："译文是根据一九四二年国际大学出版部出版的孟加拉文《泰戈尔全集》卷七中所收的《故事诗集》译出的。"仔细阅读品味，从英文译出与从孟加拉文译出还是有不同韵味的。同时，1958年5月，人民文学出版社出版了另一个版本，书名为《诗集》，为《泰戈尔选集》之一册，二位译者的署名发生了变化：石真　谢冰心译，印数：0001—7800，单独定价：2.10元。这个版本中，《吉檀迦利》未被收入，内文的排列依然是谢冰心《诗选》译文在前，石真《故事诗》译文在后。《泰戈尔诗选》至1992年8月第三次印刷（印数为56,530），扉

人民文学出版社1958年5月第一版，2021年4月第2次印刷

页是张守义钢笔线条素描泰戈尔像,特别是增加了季羡林的"译本序"。季羡林是印度通,尤其是佛学、梵文、诗歌研究专家,他的序全面介绍了泰戈尔的价值和意义,重点介绍了泰戈尔诗歌创作的三个阶段:以《故事诗》为代表的第一阶段;以诗歌创作为代表的第二阶段,包括《吉檀迦利》《新月集》等;第三个阶段,随着泰戈尔重新生气勃勃地参加政治活动,诗歌的创作不管在内容上或形式上都有了一些改变,包括《问》《山达尔女人》等。评价最高的是第二阶段的诗歌:"泰戈尔的一些诗,特别是第二阶段的诗,是非常难懂,诗都写得朦朦胧胧、模模糊糊,可以有许多不同的解释。"季羡林这个序,对读者理解泰戈尔的诗,有着重要的意义。冰心的作品包括译作都基本不请人写序,这个序写于 1979 年 11 月,是个特例,应该是在第 2 次印刷时加上去的(我未见到这一刷)。

《泰戈尔诗选》这个版本,在人民文学出版社轮番再版,有时译者只署"冰心等"。2015 年版本,还收入郑振铎译的《新月集》与《飞鸟集》,书名仍用《泰戈尔诗选》,译者加上了郑振铎,但冰心的《诗选》却未入,而是选用了《吉檀迦利》与《园丁集》,石真的译文则调至前列。仅这个版本,到 2020 年已有 9 刷,印数高达 150,000。尤其到了 21 世纪初,被列为"中学生课外文学名著必读""语文新课标必读丛书"后,人民文学出版社更是多次更换封面,重组译文,不计其数地印刷,60 余年间的版本与印数,圈内人要弄清楚都难。

三 泰戈尔剧作与小说

通过阅读泰戈尔的作品，冰心走进了泰戈尔的世界。早在1920年她就写了《遥寄印度哲人泰戈尔》："在我读完了你的传略和诗文——心中不作别想，只深深的觉得澄澈……凄美。""泰戈尔！谢谢你以快美的诗情，救治我天赋的悲感；谢谢你以超卓的哲理，慰藉我心灵的寂寞。"那时，她还不曾翻译泰戈尔，在她完成了两部诗集的翻译之后，接着翻译了两部剧作：《齐德拉》与《暗室之王》。前者是个短抒情剧，根据《摩诃婆罗多》书中一段故事改写，后者是一部有着十七幕的长剧。这

中国戏剧出版社 1959 年 8 月第一版

两部剧作以《泰戈尔剧作集》第四册为名，于1959年8月由中国戏剧出版社出版。印数0,001—4,500册，与人民文学出版社的印数相去甚远。定价：0.57元。封面有泰戈尔长须头像与书名"泰戈尔剧作集（四）"，下并列"齐德拉 暗室之王"，无译者署名，扉页中署"谢冰心译"。也就是说，剧作集第四册，均为冰心译作。关于《泰戈尔剧作集》，编者在前言中是这样说的："我们现在出版的这个集子，共收入了泰戈尔的八个剧本。除《红夹竹桃》和《暗室之王》是新译的以外，其余六个剧本都是过去曾经翻译出版了的，这次是重译的。这个集子采取了分册出版的形式。第一册：《春之循环》；第二册：《邮局》《红夹竹桃》；第三册：《牺牲》《修道者》《国王与王后》；第四册：《齐德拉》《暗室之王》。"对于泰戈尔的戏剧，前言中有段评语："泰戈尔的创作，同他的诗一样，具有深厚的抒情意味和对生活的热爱，直到今天，仍经常在印度舞台上演出。泰戈尔同时还是许多剧本的导演和演员。他在三十岁的时候，扮演过他自己的剧本《祭祀》中一个教师；在六十岁那年，还扮演了青年学生的角色。"前言落款：中国戏剧出版社编辑部，1958年6月。

　　冰心先后翻译了泰戈尔小说6篇：《喀布尔人》《弃绝》《素芭》3篇，刊于《译文》1956年第9期；《吉莉芭拉》《深夜》刊于《世界文学》1959年第6期；《流失的金钱》刊于《泰戈尔作品集》第三卷（人民文学出版社1961年4月出版）。泰戈尔小说未单独出版，直至1981年9月，贵州人民出版社将冰心译的6篇小说结集，同时收入黄雨石翻译的长篇小说《沉船》，书名为《泰戈尔小说集》，版权页署名：译者　谢冰心　黄雨石，印数：第1版0,001—17,330，第2版（1982年9月）17,331—38,330。责任编辑：李虹，技术设计：荀新星，封面设计：石俊生。到了1995年6月，安徽文艺出版社原封不动地搬用了这个版本，书名依然是《泰戈尔小说集》，也是收入冰心译小说6篇，黄雨石译小说一部。目录页上排版的顺序都一样，所不同的是安徽版的前面有一篇本书主编刘湛秋的序言：《泰戈尔的文学殿堂》。

四　《园丁集》与《回忆录》

1961年，冰心翻译了泰戈尔另一部诗集《园丁集》。对于这部诗集的翻译，冰心未有前言、附记之类的文字。1961年，人民文学出版社为纪念泰戈尔100周年诞辰，出版了《泰戈尔作品集》，冰心参与了这项活动，她的译作《园丁集》（85首），首先在《泰戈尔作品集》第二卷中出版，时间为1961年4月，同时，刚刚出版的单行本译作《吉檀迦利》也收入其中。冰心在谈到这个活动时说："人民文学出版社，在泰戈尔诞生一百周年（一九六一年）的时候，为了纪念他对于发扬印度文化和争取民族独立，对于加强各国人民之间的友谊和保卫世界和平所作的卓越贡献，曾编译出版过十卷《泰戈尔作品集》。我曾根据英文译本，翻译了他的诗集《吉檀迦利》（Gitanjali）和《园丁集》（The Gardener），剧本《齐德拉》（Chitra）；以及几十首的诗,和几篇短篇小说。我参加这项工作,不但是为了表示我对他的敬慕,也为了要更深入地从他的作品中学到写作的艺术。"到了1982年,湖南人民出版社将两部诗集合在一起,出版了单行本,书名《吉檀迦利 园丁集》。该书为"诗苑译林"之一种,封面除书名外,有"〔印〕泰戈尔著 冰心译"署名。

湖南人民出版社1982年8月第1版

冰心为这个版本写了序:

泰戈尔的诗名远远超越了他的国界。我深感遗憾的是我没有学过富于音乐性的孟加拉语。我翻译的《吉檀迦利》和《园丁集》,都是从英文翻过来的——虽然这两本诗的英文,也是泰戈尔的手笔——我纵然尽上最大的努力,也只能传达出这些诗中的一点诗情和哲理,至于原文的音乐性就根本无从得到了。

我是那样地喜爱泰戈尔,我也到过孟加拉他的家,在他坐过的七叶树下站了许久,我还参观过他所创立的国际学校。但是,"室迩人远",我从来没有拜见他本人。一九二四年泰戈尔来到中国的时候,我还在美国求学。后来我听到一位招待他的人说,当他离开北京,走出寓所的时候,有人问他:"落下什么东西没有(Anything left)?"他愀然地摇摇头说:"除了我的一颗心之外,我没有落下什么东西了(Nothing but my heart)。"这是我间接听到的很动我心的话。多么多情的一位老人呵!

《回忆录》是冰心最后一部泰戈尔的译作。这部从1964年开始翻译的十余万字的长篇回忆录,不是一下子能够完成的,其间政治运动日益风涌,不久便是轰轰烈烈的"文化大革命"。译作完成于何时,已无从考察,到了"文革"结束12年之后的1988年4月,人民文学出版社才得以出版,书名为《回忆录附我的童年》[印度]泰戈尔著。《回忆录》是冰心的译作,《我的童年》译者为金克木,书名无译者署名。扉页署名:谢冰心、金克木译。为什么要将这两部作品放在一起,出版说明中有斯语:"虽然《回忆录》和《我的童年》所记述的某些事件有重复的现象,但二者的情趣却截然不同。作者曾说,这两本书的差异犹如池塘与瀑布的差异,《回忆录》是故事,《我的童年》是

人民文学出版社 1988 年 4 月第 1 版

鸟雀的啁啾。"编辑在审读《回忆录》时发现，冰心的译稿未完成，自 36 章始至 44 章，译稿遗失，冰心业已寻不得，出版社只得请冯金辛补译，出版时注明补译的内容。因而出版说明中说："《回忆录》是谢冰心同志根据 Macmillau And Co，London，一九五四年出版的英文本翻译的。由于译稿的最后部分不幸在十年动乱中遗失，遂由冯金辛同志补译。"冯金辛是人民文学出版社的编辑、中国印度研究会理事，可能也就是这本书的责任编辑。

2005 年 10 月，人民文学出版社将《回忆录》的版权转给了副牌东方出版社。责任编辑陆丽云，装帧设计筱明。这个版本仅为《回忆录》，未收入《我的童年》，但内容却是十分的丰富，插入了泰戈尔各个历史时期照片、手迹及周游世界图片近300幅，并有图目，成为"插图珍藏本"。1刷印数10,000。

东方出版社2005年10月第1版

插图

2008年湖南文艺出版社出版该书，书名《泰戈尔回忆录》。此书作为彭燕郊主编的"散文译丛"之一种。该书标明为"图本"，计有几十幅的插图，将泰戈尔生平、创作、手迹与生活同步插入，很是珍贵。

湖南文艺出版社 2008 年 1 月版

　　2016 年 9 月，译林出版社出版的"双语译林"，独立两册，一册为英文版，书名 MY REMINISCENCES；一册为译文版，《泰戈尔回忆录》，冰心译，内文有插图。

2023 年 10 月 19 日星期四

后　记

　　2022年炎夏7月，又处疫情，闭门不出，遂时常刷微信朋友圈。一日刷到上海周立民兄，他发了一组从孔夫子旧书网荡下来的图片——袁鹰散文集《花朝》。如果仅是一个书影，不一定引起注意，重要的这是一本作者的题款签名本，并郑重钤上了"袁鹰"的阴刻方印。题签的是"祖光　凤霞同志惠正"，有意思的是题签后的4行文字："庆父不死，鲁难未已，阴霾不除，难见花朝。"落款时间为"八七年八月"。北京的陈漱渝先生留言，认为："八七年这个时间可疑！"周立民兄则在回复我的留言中道："这个题词，真是颇费思量。"我们暂且不费力去思量这个题词，我感到奇怪的是这样一个珍本，仅是这个扉页上的题签题词便是"字字千金"，同时钤有"吴祖光新凤霞藏书"印，怎么会流落到了旧书网上？左下方另有一方印章"恨相见晚"，可能是曾经的收藏者钤印，但终还是流入旧书市场！

出于好奇，上了孔网，搜索"袁鹰签名本"，这一搜索不得了，竟然一嘟噜搜出百余种，各种签名，令人感慨万千。于是，我顺着这个思路，写了《孔网里的袁鹰签名本》，通过陈漱渝先生投给了《随笔》杂志（2023年2期刊出），同时也给了立民兄，算是对他的回应。或许立民兄认为这样写书话有些意思，遂提议我："您手头冰心先生的一些书，特别版本的，或有故事的，能否为我们故居小刊《点滴》写一组冰心书话呢？每篇四五千字以内，或再短一点都可以（当然长一点也无妨），我每期登一篇，连续登一段时间。"

我"手头"上冰心的书，当然是不少，也都有故事。1992年冰心研究会成立以来，我就一直十分注意搜集冰心著作版本，自1923年的《春水》《繁星》《超人》，到以后陆续出版的《寄小读者》《往事》《去国》《冰心游记》《冬儿姑娘》《冰心全集》《冰心著作集》《关于女人》等，都曾有搜集，不仅是初版本，二版三版等再版本，也都一一在我的搜集范围。这里多有故事，有的是成书、出版的故事，有的则是搜书、藏书的故事，写出来是蛮有意思的。但这些版本并非都在我的手上，1997年冰心文学馆建成之后，我将搜集到的不同时期的冰心著作版本都交由冰心文学馆收藏与展览，只是近十年（我退休之后）搜集到的版本，尚留在手上。但无论是在手头上的还是冰心文学馆的收藏，写作时均可使用，尤其是这些版本，绝大部分都曾经手，自然熟悉。再就是孔夫子旧书网提供了极大的方便，我仅试搜索《寄小读者》，竟达万余册，虽然这里大多为复本，但珍本也可能隐藏其中。

因而，我欣然接受了立民兄的提议，自2022年9月开始，着手冰心版本书话的写作，第一篇自然是《寄小读者》，写好一篇，便发给《点滴》杂志，以"冰心书话"的栏目陆续刊出，这一写便有了十几篇。显然，冰心的作品并非这些，我自己划了一道线，凡1949年前出版的书，先写出来，以后的则留待第二批次再写。现在收集在本书中的冰心版本书话，除两个译本之外，均为1949年前的版本，有的虽也涉及之后的版本，但初版本是在1949年前。

我在写作时发现，冰心每一本书从初版到二版、三版到最后的再版，连起来便是一本书的历史，在这个以版本为线索的链接中，既显示一本书的生命史，也是社会发展、时代变迁史，比如《寄小读者》《繁星》《春水》，从开始时的频繁再版到隐退，再到井喷式的复版，实则显示了时代的社会变迁；同样一个版本，从初版到再版、重版，基本一字不改，但时代却让它的生命跌宕起伏。在现代文学作品中，有不少作家为了时代的需要而修改作品，冰心是个例外，无论时代如何变化，她的作品从发表到初版再版，从不修改。这种能经得起时代检验的作品，无论是文字还是观念、思想，从一出手便定型，并且超越时代而永葆鲜活的生命力，我在版本叙述的事实中给予了充分的显示。虽然我在书话中对作品的艺术性、版本的珍贵等诸元素，未作多少评论，但"事实胜于雄辩"（这句话用在这里是再恰当不过的了）。不过，我也不做漫无边际的事实叙述，依然有我的视角，即所具体描述的版本，有着我当下与超时空的亲历，从而保持史料的真实性与生动性，并由此生出亲切感。如此，冰心作品的文学价值、艺术魅力、社会影响，也都不言自明了，读者自有感受与品味。

20世纪初、中叶，中国的社会处于大动荡之中，冰心著作版本在这个大动荡中漂移。这一时期，上海是文化中心，冰心著作版本的初版，多诞生于沪上。但上海的文化灾难也极其深重。1932年日军进攻上海时，商务印书馆五层大楼被炸，这个中国最大的出版、印刷企业与东方图书馆毁于大火之中。冰心的《超人》等版本也遭此厄运，库存与版型全毁。1937年上海在日本全面的侵华战争中沦陷，主要出版冰心著作的北新书局停业。但冰心著作再版并未停止，有的转移到内地，有的则在上海被别的书店大量印行，其生命力甚是顽强。这些我在书话中，均以事实陈述，从中可以感受到冰心作品的价值。伪满时期，日本占领者在东北实行文化专制，摧残中华民族的文化、教育，建立其思想统治。而就在这种严酷的环境中，冰心作品精神之花，却开放在寒冷的冰天雪地，我在看到那几个版本时，都感觉到有些不可思议，但它却是事实。

对于每一版本的仔细梳理，同时也照见了我编著的《冰心年谱长编》（上海交通大学出版社2019年出版）的遗漏。年谱中，我只列出了作品出版的初版编目与时间，却未关注到再版的详情链条，虽然年谱也少量出现过再版条目，但那不是有意识的，在这个意义上可以说，《冰心书话》是对年谱的一个补充，也为有机会出版年谱的修订本，储备了资源。

书话文章随写随发，发表的刊物不仅有《点滴》与《爱心》这两家分别属上海巴金故居、福建冰心文学馆的内刊，同时有《福建日报》《中华读书报》《新文学史料》《福建文学》《海峡文艺评论》《作家》《书屋》等报刊。2023年底，福建教育出版社综合图书编辑室黄珊珊主任来根舍茶叙，得知我正在写作书话时，极感兴趣，很快申报了选题，列入出版计划，使得这些散见于报刊上的文章与图片，集中在一本书中与读者见面，在此，我不仅要感谢发表书话的报刊，更要感谢福建教育出版社。

本书在写作过程中，冰心文学馆珍藏部的陈明渊等同人，随时提供版本资料，并根据我的提议，从旧书网上购下一些版本，使得我的写作顺利进行。我在致谢之时，同时感受到了一种喜悦，那就是珍贵版本带来的喜悦。1949年之前的版本，其封面、版式、装帧很有特色，但由于纸张脆弱，不易保存，坊间存书也少，一般读者难以目睹。书话中大量的插图，便是将冰心的珍贵版本以图片的形式呈现出来，与读者分享，这也让我感到欣慰。

王炳根
2024年2月22日星期四

"叙旧文丛"书目

《缘来如此：胡兰成、张爱玲、苏青及其他》　　　　黄　恽
《风雨飘渺独自在：民国文人旧事》　　　　　　　　姚一鸣
《闲读林语堂》　　　　　　　　　　　　　　　　　黄荣才
《旧时文事：民国文学旧刊寻踪》　　　　　　　　　何宝民
《杂拌儿民国》　　　　　　　　　　　　　　　　　王学斌
《临水照花人：〈色·戒〉中的郑苹如与张爱玲》　　蔡登山
《风起青萍：近代中国都市文化圈》　　　　　　　　张　伟
《左右手：百年中国的东西潮痕》　　　　　　　　　肖伊绯
《苦雨斋鳞爪：周作人新探》　　　　　　　　　　　肖伊绯
《胡适的背影》　　　　　　　　　　　　　　　　　肖伊绯
《民国遗脉》　　　　　　　　　　　　　　萧三匝　陈曦等
《大时代的小爱情：民国闽都名媛》　　　　　　　　陈　碧
《炉边絮语话文坛》　　　　　　　　　　　　　　　陈漱渝
《帝王学的迷津：杨度与近代中国》　　　　　　　　羽　戈
《一代文宗　刹那锦云：也是鲁迅，也是胡适》　　　姜异新

《纸江湖：1898—1958 书影旁白》　　　　　　肖伊绯
《苏雪林和她的邻居们：一条街道的抗战记忆》　张在军
《君子儒梅光迪》　　　　　　　　　　　　　　书　同
《汉学家的中国碎影》　　　　　　　　　　　　叶　隽
《旧时书影：风物人情两相宜》　　　　　　　　吴　霖
《入世才人粲若花》　　　　　　　　　　　　　王炳根
《思我往昔》　　　　　　　　　　　　　　　　陈衍德
《漂泊东南山海间》　　　　　　　　　　　　　张在军
《此岸彼岸的背影》　　　　　　　　　　　　　钟兆云
《寿香社：中国最后的传统才女群》　　　　　　卢　和
《聂绀弩的朋友圈》　　　　　　　　　　　　　张在军
《冰心书话》　　　　　　　　　　　　　　　　王炳根
《狂者林庚白》（待出版）　　　　　　　林　怡　陈　碧